SHANGHAI LITERATURE & ART PUBLISHING GROUP

故事会
精品系列

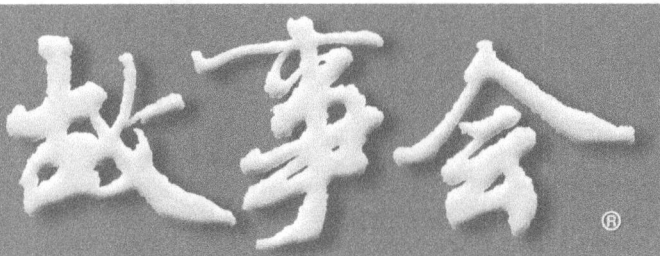

决斗故事

I0517188

上海锦绣文章出版社
上海故事会文化传媒有限公司

上海文艺出版（集团）有限公司

**图书在版编目（CIP）数据**

决斗故事 《故事会》编辑部编 – 上海：上海锦绣文章出版社
（故事会精品系列） ISBN 978-7-5452-0254-0

Ⅰ.①决…Ⅱ.①故…Ⅲ.故事 – 作品集 – 世界 Ⅳ.I14

中国版本图书馆 CIP 数据核字 (2009) 第 015621 号

丛 书 名：故事会精品系列

书　　名：决斗故事

主　　编：何承伟

编　　委：何承伟　吴　伦　姚自豪　夏一鸣


责任编辑：刘迎曦　鲍　放

装帧设计：王　伟

责任督印：张　凯


出　　　　版：　上海锦绣文章出版社

　　　　　　　　上海故事会文化传媒有限公司

POD 海外发行：　中国图书进出口上海公司

　　　　　　　　电话：021–36357888

　　　　　　　　传真：021–36357896

　　　　　　　　地址：上海市虹口区广中路 88 号

　　　　　　　　邮编：200083

**海外 POD 发行版本**　　　　　　　　　　　　**版权所有·不准翻印**

# 目　　录

**抢劫六百亿**

跛足叫花子 …………………………… 2

坟包里笑声 …………………………… 9

谁是送药人 …………………………… 15

夜闹大柏树 …………………………… 21

**激战魔尸岭**

岔道 ………………………………… 30

夜惊 ………………………………… 32

绑架 ………………………………… 36

私访 ………………………………… 38

毒蛇 ………………………………… 43

活鬼 ………………………………… 46

魔尸 ………………………………… 50

密窟 ………………………………… 54

胁迫 ………………………………… 57

巧遇 ………………………………… 59

盗墓 ………………………………… 61

重托 ………………………………… 66

设计 ………………………………… 68

出洞 ………………………………… 73

落网 ………………………………… 76

**绿色蔷薇花**

珍贵的礼物 …………………………… 81

手表的来历 …………………………… 85

奇怪的病人 …………………………… 90

挂钟上匕首 ………………………… 93

奇特的葬礼 ………………………… 96

棺材里秘密 ………………………… 100

偶然的巧遇 ………………………… 104

遗弃的皮箱 ………………………… 107

2 号的手令 ………………………… 110

奇怪的调令 ………………………… 115

小镇上枪声 ………………………… 119

意外的重逢 ………………………… 122

神秘的 2400 ………………………… 125

张开的大网 ………………………… 130

**谁是布谷鸟**

情报员被杀 ………………………… 137

冷炉里热灰 ………………………… 140

办公室亮光 ………………………… 142

蛋糕里秘密 ………………………… 145

铁箱计破灭 ………………………… 150

力量并非是体力的代名词。真正的力量,是坚韧不拔的钢铁意志产生的。

# 抢劫六百亿

## 跛足叫花子

1949年6月29日上午10时许,从上海外滩一座灰色大厦里走出五个人,他们的身材高矮胖瘦不一,他们的举止也似乎有些与众不同。他们边走边谈,脸上露出了兴奋的光彩。

这五个人是谁?他们为啥开心?

他们就是旧上海银行警卫大队"五猴"押运班的五兄弟。

提起五猴班,在旧上海可算得上是大脚膀上绑铜锣——走到哪响到哪。班里这五兄弟,都来自武术之乡——沧州城,人人都有一身了不得的武功,而且他们五人都是属猴的,当年二十九岁,所以人称"沧州五猴"班。他们按各自出生的月份、时辰为序,结拜为"红黄蓝白黑"五兄弟。他们为啥要以五种颜色作次序排列呢?说来,真叫一滴水掉进油瓶里,巧极了。原来,他们五兄弟中的老大姓洪，老二姓王，老三姓蓝，老四姓白，老五姓郝。这个"郝"字，上海人读时与"黑"同音，便成了"红黄蓝白黑"。他们押车时，喜欢在车头左侧插一面红黄蓝白黑的五色旗，这面旗便成了他们五兄弟的标记。

五兄弟中要数老五武功最好，他是押运班的班长，又是驾驶员，绰号人称"小猢狲"老五。老五能一手开车，一手飞镖，无论是左手，还是右手，凡从他手中飞出去的钢镖，可以说是百发百中。他讲义气，守信用，你托他办事，只要他点头，哪怕刀山火海掉脑袋，也要替你办妥。加上他还是上海大流氓黄金荣的投帖门生。在旧上海的黑社会里，不管哪帮哪派，一提到小猢狲，都竖起大拇指；一看到汽车上的五色旗，都让他三分。因此，他押车，好像手里捧了十百千——万无一失。他是上海滩上响当当的人物。

今天上午，人民解放军驻银行系统军代表老陈，到宿舍把小猢狲请到办公室，对他说，随军进驻刚解放的崇明岛的银行同志，昨天给华东银行军管会打了个紧急报告，说上海解放时有一批国民党官僚和达官贵人来不及外逃，留在岛上，这些人利用身边携带的金条、银元，在岛上哄抬物价，扰乱金融。因此要求迅速运送人民币，以回收黄金银元，稳定市场。华东银行接到报告，立即请示军管会，决定由上海立即拨运六百亿（旧币）去崇明。并决定分段运送。陈代表告诉小猢狲，这由市内到吴淞的押运重任，就交给他们五猴班，要他们作好准备，下午再向他们交代押运的具体时间和路线。

小猢狲领了任务，回到宿舍向几位兄长一说，大家都很开心，也很激动。为啥？俗话说：一朝天子一朝臣。解放前他们吃得开、兜得转，可眼下解放了，共产党还信任不信任他们呢？今天，军代表把这么重要的任务交给他们，无疑是最大的信任，你说他们能不开心不激动吗？常言道：人逢喜事精神爽。五兄弟一高兴，就想去喝它几盅，于是出了宿舍，就往银行包饭作——莫有财厨房走去。

他们边走边谈，有说有笑。忽然小猢狲对大家说："我想想也有点儿奇怪。这样重要的任务，共产党有的是解放军，为啥不武装押运，而让我们这些留用人员押运？"一听这话，蓝老三笑道："老五，我看这叫'强龙不压地头蛇'。我们牌子硬、情况熟，我们五兄弟的能耐共产党会不知道？"洪老大说："我听说共产党有个什么统战政策，大概是为了团结我们留用人员吧？"小猢狲说："老大、老三说的都在理。人家相信我们，我们绝不能含糊。这次一定要尽心尽力，就是掉脑袋也不能出洋相。否则，我们就甭想在上海滩混了！"说着话，不觉已到了"莫有财"。五个人径直来到最里面的一间，撩开门帘，里面只有一张八仙桌，兄弟五人就坐了下来。人刚坐定，跑堂就送上酒菜。

五兄弟各自斟满一杯酒，举起杯子，正要碰杯，突然，门帘被撩起，走进一个满脸大汗的包车夫。他顾不得擦汗，战战兢兢地朝大家扫了一眼，然后哈着腰问道："请问，哪位是五爷？"

小猢狲说："我就是。你是哪个宝号的？找我有何贵干？"

包车夫来到小猢狲面前，双手递上一张名片。小猢狲接过一看，只见名片上印着：大昶诚典当，经理杨鸿兆。小猢狲想：这个名字好陌生呀，我与他素昧平生，他为啥派人来找我？包车夫见小猢狲沉思不语，压低了声音说："五爷，敝号店主杨老板有批黄货要运回乡里，久闻五爷大名，特意求五爷帮忙，故而差小人前来请五爷赴宴。万望五爷赏光。"

原来是送上门的一笔外快生意。旧上海，私营钱庄多如牛毛，大多数没有专门押运的队伍，凡遇到现金、单据或贵重物品转运，就慕名求五猴班帮忙，五兄弟也就赚些外快，这已是司空见惯的事了。可今天，小猢狲一想到要押运六百亿人民币的任务，便把名片还给包车夫，说："请你转告杨老板，近来，我们五兄弟公务繁忙，分身不开。所托之事，实在力不从心，日后有机会，一定效力。"

不料包车夫不接名片，两只眼睛呆呆地望着小猢狲，鼻子一阵抽搐，从眼眶里滚出两颗泪珠，可怜巴巴地说："五爷，近来因典当生意清淡，杨老板火气特别大。五爷如不肯赏脸，杨老板一定以为我办事不力，他一生气，就一定要叫我卷铺盖！五爷，小人上有老母，下有妻小，全靠小人挣钱维持一家生计。求五爷开恩，只要您老跟小人去见一见杨老板的面，让小人有个交待，小人的饭碗就能保住了。小人给五爷磕头，望五爷慈悲……"他边说边"扑通"一声跪了下来。

小猢狲等五兄弟万万没料到包车夫会来这一手，尽管他们是押镖玩枪的人，此时也动了感情。几个兄弟便一齐劝道："老五，既然财神菩萨上门，你就跑一趟吧，先把生意接下来。怎么办，等你回来，我们再商量，别让这位兄弟为难了。"小猢狲听了众位兄弟的话，觉得也有道理，就起身跟着包车夫出了饭店，坐上包车夫的黄包车，不一会就到了宁波路石路口的大昶诚典当行。

这家典当行坐北朝南，墙上一个巨大的"当"字十分醒目。可惜"当"字虽大，近来的生意却像旗枪末子泡茶——清淡得很。典当行里的朝奉先生们，一个个伏在柜台上，有的观赏街景，有的闭目养神。

包车夫把小猢狲拉到典当行门口刚停下，就见一位身穿长衫的中年人抢先几步，来到门口，满面笑容，双手抱拳，说："鄙人杨鸿兆，恭候五爷多时。五爷光临敝号，真是三生有幸。请、请——"

杨老板像迎上宾似的把小猢狲让进账台后面一间小会客室内，那里早已摆好一桌丰盛的酒席。杨老板把小猢狲让到一个面对柜台的上首席位上坐下，然后坐在一旁，提起酒壶，为小猢狲敬酒。

小猢狲端起酒杯,举了一举,又把酒杯放下,因为在市面上闯荡的人都懂得,凡是不相识的人请酒,这第一杯酒是不能随便喝的。这杯酒叫"结交酒",喝了第一杯酒,陌生人就变成了朋友。彼此既成了朋友,朋友托你办事,你就不好再推托。眼下小猢狲不明对方的底细,又不知他要押运什么货,运往何处,怎么好随便喝呢?因此,他只把酒杯举了一举,权作还礼。他放下酒杯,说:"你我素昧平生,杨老板如此厚爱,实不敢当。常言道:无功不受禄。在下是个粗人,喜欢直来直去。杨老板既然看得起小弟,若要我出力,尽可直言。"

"啊哟哟,五爷真是个爽快人!既然五爷如此直爽,那我就——"杨老板好像怕人听见似的把头凑近小猢狲的耳边,轻声说,"五爷,我这典当行乃祖传产业,哪料到我手中,竟会如此衰败。眼下解放了,我想把典当行关了,把平生积蓄的财产运回家乡,图个清闲,所以求五爷……""你有多少东西?""四箱黄货。""请问,杨老板祖籍?""本地人。四箱黄货只要送到吴淞镇就行。"

一听"吴淞镇"三个字,小猢狲马上联想到六百亿人民币也要押到吴淞上船的事来。他看了一下手表,又抬眼细细打量了一下杨老板,只见他,四十出头,圆脸扁鼻,一副商人相;再辨一辨他的口音,倒有本地人味道。小猢狲想了想,开口说道:"杨老板,咱们先小人后君子,你要我们押运的东西,请让我先验一验。"

"当然,当然,请上楼——"杨老板陪着小猢狲来到他的卧室,从床底下拖出四只固本肥皂箱。打开箱子,小猢狲弯腰把四只箱子全翻验一遍,果然都是货真价实的金条。这下,小猢狲放心了,他当即要杨老板取过封条,当面封好,两人都在封条的封口上做了记号,然后下楼,回到酒席上。小猢狲不客气地举起酒杯，一饮而尽。酒过三巡，小猢狲心里惦着六百亿的事，不敢贪杯，便放杯吃饭。

杨老板也不硬劝，他捧出一百枚银元，分十叠放在小猢狲面前，另外又拿来两块"小黄鱼"给小猢狲，说："五爷，区区薄礼，不成敬意，望五爷笑纳。事成之后，另当厚报……"

杨老板话音未落，只见从典当行外面走进一个蓬头垢面、衣衫褴褛的跛足叫花子。他手中捧了一个黄布包，一进门就高声嚷道："喂，当一百块大头。"

朝奉先生见了大生意，马上笑脸相迎，说："请坐，请坐，本典当行有个规矩，看货论价。请先生先把货打开看看。"那跛足叫花子走近柜台，把手中的黄布包"咚"扔到柜台上。

朝奉先生接过黄布包，小心解开，往里一看，顿时吓得"啊"一声连退三步！原来里面是两颗冷冰冰的手榴弹！

杨老板见状，顿时脸上变了色："又是地痞泼皮来敲竹杠了！"他说着叹了一口气，随手从柜里拿起两块袁大头走出去，赔着笑脸对跛足叫花子说："敝行如有得罪先生之处，还请见谅。"说着，将手榴弹重新包好，连同两块袁大头，一起塞给跛足叫花子，"请买杯水酒喝喝，这是我的一点心意。"

跛足叫花子一声冷笑，随手把两块银元"哐啷"丢进柜台里，重新抖开黄布包，右手举起手榴弹，冲着杨老板说："怎么！把老子当要饭的？用这点钱就想打发我？老实告诉你，老子今天是等米下锅，就缺一百块！你把手榴弹收去，今后咱们黄牛角、水牛角各归各；不然的话，我反正活不下去，就来个'轰隆隆'一道死。"说着，他用右手的小拇指勾进手榴弹后屁股的小环环。杨老板一见，吓得赶紧一边连连摇手，一边又转身从账台上抓起一把银元，他从小猢狲面前走过时，轻轻说一声："五爷帮帮忙！"边说边迅速转身出来，把手里的银元一五一十数给跛足叫花子，总共二十四枚。跛足叫花子看着二十四枚银元，仍竖眉毛、弹眼珠地说:"怎么,就这个数? 今天我说定了,一百块缺只角,我叫你典当行上天!"说着,又扬扬手中的手榴弹。杨老板没办法,只得一边说:"请手下留情,我、我再去取……"

跛足叫花子见镇住了杨老板,脸上露出得意的微笑。他把二十四枚银元排好队,在左手掌里掂了掂,正打算把钱往破短衫袋里放,突然手掌被什么猛地往上一托,只见手掌里的二十四枚银元好似一条白龙腾"手"而起,"哗"一声全落到账台上。跛足叫花子一看,有个人站在身后,他"哇哇"怒吼一声,挥拳朝那人打来。那人不慌不忙将身子一晃,闪到他的背后,举起右掌,往他右肩窝一劈。这一劈,跛足叫花子举在半空中的拳头顿时垂了下来,活像自鸣钟的钟摆,荡过来、摆过去,痛得他牙齿咬得咯咯响,脸也扭歪了,眼珠却越睁越大,直盯着对方。

此人正是小猢狲,他见这跛足叫花子,实在太蛮横无理,已十分气恼,刚才杨老板求他帮忙,便决定趁机露一手给杨老板看看。现在,见跛足叫花子盯住自己看,便一把抓住对方的胸襟,指着自己面孔说:"认认清爽,把老子的眉毛也数一数,免得日后找错了人! 你要找我,到银行警卫大队来,本人就是沧州五猴班的班长——"说着,用力一搡,把跛足叫花子推倒在墙角里。然后,走进柜台,取了那一百枚袁大头和两锭小黄鱼,对杨老板说:"恭敬不如从命,定洋我带走了。那东西,我们有空就来取。"杨老板问:"五爷,什么时候来取?"小猢狲说:"什么时候来取,要看我们是否有空。可能明天,可能后天,也可能过一会就来。反正你做好准备,不要耽搁了我们的时间就是了!"说完,他大步流星地出了门。

小猢狲前脚出了典当行,跛足叫花子后脚就跟出来。他一瘸一瘸地哀声喊道:"五爷,五爷,我实在不知您老在此,冒犯了您。我的脚已经瘸了,您再把我手臂拍脱骱,叫我以后如何过日子呀? 请五爷开恩,再拍我一记吧! 我向您老保证,今后再不敲人家的竹杠了。"

小猢狲见他苦苦哀求，便伸手捏住他的肩头，"嗨"在他穴位上用力一拍。跛足叫花子痛得"哎呀"一声叫，手臂顿时不荡了。小猢狲随手摸出五块袁大头，对他说："交个朋友，日后要用钞票，可以到银行警卫大队来找我，切不可再干这种缺德事了。""是、是、是。"跛足叫花子头点得像鸡啄米，双手却不接钱，"五爷，我们好几个兄弟都穷途潦倒，您给我五块大头，实在是杯水车薪……"小猢狲见他嫌少，便问："你要多少?""六百亿!"

小猢狲一听六百亿，好像一锒头敲在胸口头，浑身一震。那么跛足叫花子到底是何许人? 他怎么知道六百亿人民币这件事的呢?

## 坟 包 里 笑 声

小猢狲听到从跛足叫花子嘴里吐出"六百亿"，真好比晴天一个霹雳，震得浑身一颤! 他想：从军代表布置任务到眼下，也不过是一两个小时的事，他怎么竟知道了呢? 看来眼前这叫花子定有来头! 跛足叫花子见小猢狲发愣，便眯起眼睛，皮笑肉不笑地显出一副得意样子，说："五爷，在家靠父母，出门靠朋友，您要发大财，兄弟为您欢喜，不过也得分一点给我们穷兄弟们做做嘛……"小猢狲感到事关重大，便决定要摸清跛足叫花子的来头，就顺水推舟说："既然想做生意，总要找个地方谈谈，开个价!"跛足叫花子朝四下扫一眼，往前一指："五爷，我们就到前面'一乐天'茶楼去坐坐。"

两个人一前一后，踏进一乐天，登上二楼，在临街靠窗的座位上坐下。跛足叫花子一坐下，就脱下那件破短衫，朝窗上一撂。此时，走来一位长脚茶博士，一边用抹布抹抹茶桌，一边笑嘻嘻地对小猢狲说："老客，今天吃红茶还是淡茶?"小猢狲说：

"两壶红茶。""是,马上来。"茶博士转个身,就送上来两壶上等祁红。

等茶博士一走,小猢狲单刀直入问:"朋友,既然看中了六百亿,就打开天窗明说了吧,你们打算怎样?"

跛足叫花子谄笑着说:"五爷,我们听说今晚是您押运这六百亿人民币。碍您五爷的面子,我们怎敢轻举妄动?"

"既然如此,又何必啰唆!""五爷,您饱汉不知饿汉饥,我们几个穷兄弟已是饿急了的猫儿,闻到了鱼腥气,哪能不嘴馋?我们只求您五爷开恩,行个方便。待我们劫得六百亿人民币后,五爷拿大头,我们众兄弟分个小头,解解馋……"

小猢狲终于明白他们打算劫车。看来,今晚押车凶多吉少,六百亿人民币万一有个闪失,五猴班砸了牌子不说,也对不起共产党对自己的信任呀!他暗自权衡了一番利害后,决定先把这伙人的底摸摸清爽,再想对策。于是说道:"老弟,你们要劫车,我可以让开。可是,银行已被军管,押运这六百亿人民币由解放军督办,你们想过吗?而且,你们要与我合作,你们是哪帮哪派哪道山门,我还不知道。你们的老板是谁?总得让我明白了才能拍板啊!"

"可以,要见见我们老板,跟我走。"跛足叫花子说着,收起窗台上那件破短衫,朝肩胛上一甩,指指窗外,说,"五爷,那辆汽车是我们的包车,您要见我们老板,可以坐我们的汽车去。"小猢狲朝窗外一望,只见先施公司的转角上,停了一辆黑色福特小汽车,车门两旁站着两个彪形大汉,好像哼哈二将。小猢狲又是一惊:原来,自己早已在他们的监视之中。但他转而一想:不入虎穴,焉得虎子。为了六百亿,不妨闯一下"鬼门关"!小猢狲想到这儿,朝跛足叫花子一挥手,说:"请——"

两人出了一乐天,来到汽车旁,跛足叫花子赶在小猢狲的前面,将车门一开:"请——"小猢狲弓起身子,就往车厢里钻。当他身体钻进车厢,两只脚还在车厢外面时,跛足叫花子突然闪电般地上前抱起小猢狲的两只脚,小猢狲两脚一离地,人失去了重心,朝前扑倒下去。他忙伸出右手,在车厢座椅的靠背上用力一撑。谁知,车门对面早有一个人抢先钻进了车厢,他趁小猢狲扑倒之际,用事先准备好的绳索套住了他的右手,小猢狲一跌倒,一个鲤鱼打挺人站了起来,不料右手却被绳索套住了。小猢狲立即转过身来,谁知那根套在右手上的绳索随着他的身体一转,正好在他身上绕了一圈,两只手被团团捆住,哼哈两将便一边一个把小猢狲夹在当中,坐在车厢后排位置上。这时,跛足叫花子也钻进了车厢,他在司机身旁坐下,回头对小猢狲说了声:"五爷,得罪了!"便给小猢狲蒙上了一块黑布。汽车随即"呼"一声启动了。

小猢狲被困在车厢里,动不了,又看不见,不知这伙歹徒要把自己押往何处。汽车开了一阵,逐渐颠簸起来,他凭经验判断,汽车已开出了市区。

开了大约不到半个小时,车子停下了。小猢狲被夹住双臂带下了车,东拐西拐走了五六分钟,蒙住眼睛的黑布才被取下来。小猢狲朝四周一看,"啊?"四周全是坟墩头,自己站在一座杂草丛生的荒坟面前,荒坟上竖着一块高六尺以上的黑亮光滑的墓碑。

跛足叫花子这时哈哈大笑说:"想不到吧?我们的老板就在坟包下面,想见见他吗?"

小猢狲正要开口,突然,那块墓碑动了起来,慢慢地朝他身上压下来,小猢狲急忙跳向一旁。只见墓碑"通"倒下后,墓碑下面露出一个黑乎乎的洞口,接着从洞中伸出一把紫竹小梯。跛足叫花子对小猢狲说:"五爷,老板就在下面,请下吧!"说着,伸手朝小猢狲肩胛上用力一推。小猢狲被推得朝前冲出几步,一脚踏在紫竹小梯子上,顺着梯子滑到了洞里。

　　洞里一片漆黑。突然,从洞深处传来"哈哈哈哈……"一阵叫人毛骨悚然的狂笑声。那狂笑声一落,又传来一个低沉的声音:"放肆,五爷驾到,还不上前迎接!"接着就出来一群人,围着小猢狲"五爷、五爷"地叫个不停。此时,有个人来到小猢狲身旁,给他松了绑,说:"五爷,请您到此,无非想共商发财大计,怕您大驾难请,才出此下策,望五爷恕罪。"

　　这时,小猢狲才看清楚这是一间四四方方的洞厅,四周洞壁角上,点着四支白色蜡烛,当中八仙桌上放着酒菜。给他松绑的是个个儿不高的黑汉子。这工夫,跛足叫花子也进了洞厅,来到那个黑汉子身旁,说:"二哥,我把五爷请来了,下面就由你跟他谈了。"

　　黑汉子嘴里说着:"五爷,请上座。"双手扶中带拉地把小猢狲请到八仙桌居中位置上坐下,然后黑汉子在左,跛足叫花子在右,坐了下来。待大家坐定,黑汉子举起酒壶,给小猢狲斟上满满一杯酒,说:"五爷,小弟等出于无奈,冒犯虎威,现在特备薄酒谢罪,请五爷赏脸,干了此杯! 我们再议发财大计。"

　　小猢狲听他说出要议发财大计,心想:这一定是商量劫车行动计划。这也是自己冒险深入虎穴的目的。因此他爽快地举起酒杯。谁知就在他们三只酒杯碰在一起时,突然,在小猢狲正前方洞壁里"刷——"闪出一道白光,直刺小猢狲的眼睛。小猢狲反应极快,几乎在白光闪亮的同时,他手中的酒杯犹如一支钢镖飞了过去,只听"当啷"一声,酒杯砸在墙上,摔得粉碎。再定睛一看,那洞壁上有一个小洞口,白光是从那洞中射出来的。

　　这时,黑汉子和跛足叫花子同声大笑起来。黑汉子说:"五爷,不必惊慌,你初来乍到,这里的规矩,给你照了相,留个纪念。"

　　这时,跛足叫花子又取来一只酒杯,斟满第二杯酒,捧到小猢狲面前。现在小猢狲一心想尽快知道他们的劫车计划,因此他举起酒杯,一饮而尽。他刚放下酒杯,黑汉子又给他斟满了第三杯。

黑汉子斟好酒,突然"扑通"一声跪倒在地,接着在场几个弟兄也跟着"扑通、扑通"跪了下来,一时倒把小猢狲弄得丈二和尚摸不着头脑:"你们这是干什么? 有话好说,何必如此呢?"

黑汉子简直像个演员,他竟吸吸鼻子,抛出两行热泪,说:"五爷,天有不测风云,人有旦夕祸福。三天前,我家大哥遇难,你看我们这洞厅里点上白蜡烛,就是为了悼念大哥!"黑汉子用手擦擦眼睛,继续说,"常言道,蛇无头而不行。自从大哥遇难以后,我们弟兄好像屋脊断、栋梁坍,成了一群无头苍蝇。今天特请五爷到此,受我弟兄一拜,我们请五爷为我等大哥,借五爷威名,东山再起。望五爷勿辞。"说着,一群人跟着黑汉子都"五体投地"地伏在地上。

小猢狲万万没料到,这伙人只字不提劫车计划,却演了一出拉他入伙、尊他为首的戏来。他略一思索,开口问道:"请问,贵当家大哥尊姓大名?""陈锡锟。"

一听"陈锡锟"三个字,小猢狲猛然想起,这不是三天前被枪毙的薄刀党头子吗? 噢,原来这伙人就是薄刀党! 这薄刀党可是上海滩流氓当中名声最坏、无恶不作的匪徒! 真没想到,这批臭不可闻的家伙,竟设下圈套拉自己入伙! 简直是做梦! 小猢狲心里气恼,嘴上却推说:"小弟无德无能,岂敢当此重任,望诸位另选高贤。"

黑汉子说:"五爷不必客气,想你是赫赫有名的黄金荣先生的投帖门生,我们虽不同宗同派,但在共产党的眼里,我们都是套在一只鞋子里的臭袜子。今天我们尊五爷为首,望五爷领着我们众兄弟,夺下六百亿人民币!"

小猢狲站立起来,说:"你们请我来,是商量六百亿这件大事,做买卖讲信用,又何必强求小弟进山门呢? 诚心谈这笔生意,咱们就爽快点谈,否则,就请高抬贵手,放小弟回去,就当没这回事!"

黑汉子见小猢狲不肯上"船",便从地上站了起来,沉下脸,往椅子上坐定,朝一个小兄弟挥挥手。那小兄弟转身取来一张湿漉漉的照片,黑汉子吩咐说:"让五爷欣赏一下他的尊容。"

小猢狲接过照片一看,气得差点昏过去。只见照片顶端印了一行小字:小猢狲接任薄刀党魁首受贺志喜留念。照片上就是他们三人碰杯的情景。小猢狲心想:过去听说薄刀党专干这种坑害好人的勾当,想不到今朝竟用到我的头上来了!这张"受贺"情景的照片,谁见了谁都会相信。唉!假如照片传到了军代表的手里,那就有口难辩了!

黑汉子见小猢狲闷声不响,就说:"五爷,我们要做的这笔买卖,不是三文两文,而是六百亿的巨款,如果我们不在一条船上,一遇风浪各自分开,岂不容易翻船吗?只有你当了我们的大哥,我们生同生、死同死,患难与共在一条船上,彼此才会同心协力,把六百亿劫到手。否则,我们无法商议劫车的计划……"

好狡猾的家伙,他们想逼我下水,把我与他们拴在一起。这事哪能好随便答应?好在对这伙人的目的和底牌已经摸到,眼下三十六计,走为上计,让我先用大昶诚典当那四箱黄货吊一吊他们的胃口,只要他们上钩,自己就好脱身了。至于杨老板那儿,只要等到破获了薄刀党,这四箱黄货也就可以"完璧归赵"了。于是小猢狲说:"诸位,轧朋友先轧心。同船人,'窝里翻'的事有的是。只要你们听我一句话,要想弄到六百亿人民币就像三个手指捏田螺——稳拿的!"黑汉子等一听这话,忙问:"请教五爷有何高招?"小猢狲说:"今晚我押运六百亿人民币,乃是共产党的库银。共产党虽然把押运任务交给我们五兄弟,但发车时间、路线事先都不告诉我们,而且说不定在发车时还会临时增派解放军跟车,我们毕竟是留用人员啊。你们要动手劫车,碰上解放军,就难免要动刀动枪,弄不好,钞票没抢到,还要损兵折将掉脑袋。所以说,这是没有把握的赔本生意。但我现在另外还有笔生意,你们真的头寸紧缺,我可另外给你们六百亿……"

"另外还有六百亿?""你们要的话,现在就开辆车子,用小弟的名义,到大昶诚典当,找他们老板杨鸿兆,他会给你们四箱黄货,这四箱黄货,远远不止六百亿呢……"

谁知小猢狲话没说完,黑汉子、跛足叫花子和一群弟兄们突然"哈哈哈"狂笑起来。笑声未绝,猛地只见八仙桌"哗啦啦"倒了下来,从下面伸出一颗脑袋来。小猢狲一见,顿时惊得目瞪口呆。

## 谁 是 送 药 人

你道此人是谁? 他竟是大昶诚典当的老板杨鸿兆。

原来,杨鸿兆名义上是大昶诚典当的老板,实际上是潜伏特务头子,国民党驻敌后行动小组上校组长。当军代表向小猢狲布置了押运六百亿人民币的任务后,只隔了十五分钟,他就收到银行系统三号情报员送来的情报。他想:解放前夕,想炸金库没炸成,眼下,如能把六百亿人民币抢过来,或连车带钞票炸毁,就是对共产党的沉重打击。怎么干? 他仔细盘算了之后认为,共产党定然根据守卫兵力就近运送,于是决定由被他收买的薄刀党出面干,并立即导演了一出请小猢狲押黄货的把戏,把小猢狲引入他的网里,再由跛足叫花子和黑汉子逼小猢狲上贼船。他本不想此刻把自己的身份暴露给小猢狲,谁知小猢狲软硬不吃,非但不上贼船,还把他托他运的四箱黄货抛了出来,气得他七窍生烟,从地底下冒出来,指着小猢狲的鼻子骂开了:"我出重金聘用你押车,现在镖物未动,你倒先把我的东西出卖了,天底下有你这种无情无义的押镖人?"

小猢狲见杨鸿兆从地底下冒出来，一切全明白了。他忍住一肚子怒火，冷笑一声，说："杨老板，我这么做，叫做'以其人之道还治其人之身'！你先不仁，我才不义！"

杨鸿兆看看手表，已经是下午一点多钟了。他觉得把小猢狲扣留的时间过长，会引起共产党的怀疑，如万一不让他押车，就竹篮打水一场空了。所以，他不再与小猢狲斗嘴，拿起那张"受贺"照片，说："今天的事我们都已挑明了。你要走出这个坟包，只有两条路：一条，与我们合作，抢下六百亿；还有一条，等我们把这张照片在全上海发一发，帮你扬了名之后你再出去。到那时，你可以到共产党那儿告发我们。不过我们就说，这六百亿消息是你提供的。怎么样？"

小猢狲听了这话，暗骂了一句：好个心狠手辣的家伙！他觉得今天不答应和他们合作，就难活着出去！与其不明不白死在这坟包里，倒不如到外面再去抖一抖。于是，小猢狲语气软下来，无可奈何地问："你们到底要我做什么？说实话，押运这六百亿人民币的车什么时候开，走哪条路线，都由军管会决定，我确实不知道。你们逼煞我，我又不能瞎编一套！"

杨鸿兆见小猢狲软了下来，便说："共产党规定你的行车路线后，你只要在出发前通个消息，我们也给你一条行车路线。方向盘在你手里，只要开往我们指定的地点，你就算大功告成。当然，以后的事，我们会妥善安排的。""那你们谁来与我联系？"

杨鸿兆举手朝后招招手，那个去请小猢狲的包车夫，提一只带盖的六角形竹篮，放在小猢狲的左脚边。杨鸿兆对小猢狲说："把衣服脱了！"小猢狲不知他要干什么，只得顺从地脱下衣裤。杨鸿兆见他脱得只剩下一条衬裤，便说："打开竹篮。"小猢狲又顺从地伸手去掀篮盖。哪料到，篮盖一掀，突然"呼"一声，从竹篮里蹿出一条全身碧绿的小蛇。小猢狲避让不及，左大腿被毒蛇咬了一口。包车夫立即上前，手脚敏捷地把蛇捉回竹篮里，盖紧篮盖。

这时小猢狲的大腿像馒头发酵，立刻肿成碗口粗。他只觉得一阵钻心疼痛，胸口发闷，头脑发昏，人顿时摇晃起来。

杨鸿兆嘴边掠过一丝奸笑，从袋里取出一粒三分来长的圆柱形蛇药，一掰两半，半粒浸在烧酒里，待化成浆状，给小猢狲敷在伤口周围，然后把剩下的半粒递给小猢狲，说："把它吞下去。"小猢狲吞下药后，感到胸口松了些，头也不昏了，但左腿伤口还在胀痛。

杨鸿兆得意地说："这是条七步蛇，要治这毒蛇的蛇伤，只有靠我这特效蛇药。一粒药能维持十二小时。现在是下午两点，半夜两点前总能出车了吧？到时，我会派人找你联系，联系人就是送药人。你把行车路线告诉他，他也会把我们规定的行车路线交给你。你吞下他交给你的蛇药，把车子开到我们指定的地点，他会安排你的去向。如果你要出卖我们，蛇毒在你的身上，过了午夜两点，不用我们动手，你自己就会去叩响阎罗殿的大门！现在，请回吧！"

小猢狲急叫道："你们把我扣到现在，万一军代表另外派人押车，我不是白送命吗？"杨鸿兆嘿嘿一笑说："这你放心，离开时间长一些，我们会有人帮你说话的。好了，别啰唆了。送客！"

杨鸿兆说完，一挥手，跛足叫花子和几个歹徒上前又用黑布给小猢狲蒙上眼睛，一边一个架着，走出坟场，送上汽车，把他送回先施公司的转角上，给他取下黑布眼罩，推下汽车，等小猢狲睁开眼睛，汽车早已没了影子。这时，小猢狲只觉得左大腿又胀又痛，迈不开步子。他想：不照杨鸿兆的话去做，自己性命难保；照他们的话去做吧，又对不起共产党！可自己……他陷入了极度痛苦的矛盾之中。

正在这时，有一个人向他走来。谁？一乐天的长脚茶博士。因为小猢狲是一乐天的老茶客，天长日久，竟和茶博士成了无话不说的好朋友。茶博士对小猢狲说："你刚才遭绑架的事我已看见了，既然受人之托，就要忠人之事啊！"接着便附着小猢狲的耳朵，悄悄说了几句，又紧紧握了握他的手，向他报以神秘的一笑，走了。小猢狲一听，顿时怔住了。

正在这时，突然又有一个人朝他飞奔过来。

故事说到这儿，还得把朝小猢狲奔来的人是谁搁一搁，回头先说说军管会主任老徐。下午两点，军管会主任老徐吩咐秘书找沧州五猴班到他办公室来具体商量晚上押车的事，谁知秘书只找来四兄弟，独独缺了班长。徐主任问大家："老五呢？"四兄弟见问，你看我、我望你，不敢把老五接外快生意的事说出来，但肚子里也在犯疑：平时老五做事总是快刀斩乱麻快去快回，今天怎么会像"鹞子断线"一去不回呢？洪老大怕再不回话，会引起徐主任的怀疑，万一今晚不让他们押车，岂不是砸了五猴班的招牌了吗？他一急，连忙说："徐主任，老五刚才还和我们一起吃中饭的。他有个习惯，欢喜饭后散散步，说不定他又一个人荡马路散步去了。"

徐主任看看表，说："快两点了，你们快去找找老五，他一回来，就到我这儿来。"

四兄弟回到宿舍，洪老大抓起电话打到大昶诚典当，那里人说五爷早走了。洪老大一听，急得立即叫众兄弟分头去找。

蓝老三从外滩沿着大马路朝西找，当他快找到先施公司转角处时，远远看到老五倚在路边的墙上，蓝老三又惊又喜，急忙朝他奔来。

蓝老三奔到小猢狲面前，见他脸色苍白，满头冷汗，身子摇晃着不能走路，他急得弯下身子，背起老五，一溜小跑，直往宿舍奔去。

这时其他几个兄弟，都因没找到老五，急得在宿舍里直打转，突然门"砰"地被撞开，只见大汗淋淋的蓝老三背着小猢狲闯进来,大家惊得团团围上去,问道:"老五,你到底出了什么事,怎么弄成这样?"

这叫小猢狲怎么说呢?他不能把坟洞里的事和盘托出。他有口难言,只得含糊其词地说:"被毒蛇咬了一口。"边说边吃力地拉起左脚裤脚管,果然,他的左腿肿得像个熟透的红柿子。洪老大见了,又心疼又担心,他忧心忡忡地轻声说:"老五,刚才军管会徐主任来找我们,他见你不在,脸色很难看。你怎会被蛇咬伤的?"

这时,蓝老三朝小猢狲脚上的伤口地方仔细看看,焦急地说:"不把毒汁挤了,要出事,老五你忍着点!"说完,他从身边摸出一把水果刀,在蛇的牙痕处划了两刀,然后双手在伤口周围用力挤压,一股已经发黑的血水立刻从伤口处流出来。接着,蓝老三又俯下身子,把嘴凑到伤口上吸了吐、吐了吸,痛得小猢狲冷汗直流,他紧咬牙关,一声不哼。看得出,他被老三这种兄弟之情感动得流下泪来。正在折腾时,突然门"砰"被推开了,大家转脸一看,不由一阵发慌。

进来的是军代表老陈,见小猢狲瘫坐在地上,蓝老三趴着在吮吸血水,不禁一怔,忙问:"怎么受的伤?"

几位兄弟见陈代表突然闯进来,一时慌了神,他们也说不出小猢狲是在哪儿受的伤,只是眨巴着眼睛看着小猢狲。小猢狲一见陈代表,就挣扎着站起来。陈代表让他坐下,他自己蹲下来,一边查看小猢狲的伤口,一边平静地问:"刚才徐主任找你,你到哪儿去了?"

小猢狲努努嘴,叫把房门关上,然后吃力地说:"陈代表,'受人之托,忠人之事',我小猢狲做人就讲个信用。今天承蒙陈代表看得起我,把押运六百亿人民币的大事交给我们,为了保证运途中的安全,刚才我到通往吴淞的路上跑了一圈,实地看了一下地形。"

陈代表听了"喔"了一声,接着,他饶有兴趣地问:"你跑了一趟,发现什么情况吗?"

小猢狲叫蓝老三拿来纸笔,摊在地上,边画边说:"陈代表,我们去吴淞有两条路可走,一条由大柏树经江湾镇到达吴淞,另一条由张庙经张华浜到吴淞。看来张华浜是今晚去吴淞的必经之路,如果有人要劫车,很可能在那儿打我们的伏击。为此,我要求解放军在这一带派驻重兵保护我们过去。我刚才从大柏树经江湾到何家湾车站,那儿是火车交会的地方,停了好多装货的空车皮。我想万一有人在空车皮里埋伏,趁我们汽车沿着铁路经过时,打我们个措手不及,就糟了,因此我就走到空车皮里去看。不料,被铁轨旁边草丛中的毒蛇咬了一口。刚才老三帮我吸出了毒血,现在好多了。"

小猢狲临时编了这个故事,倒把陈代表感动了。他关心地说:"老五,你好好休息,晚上押车的事,我再和徐主任商量商量……"

小猢狲没等陈代表把话说完,猛地站了起来,咬咬牙,把左腿在地上蹬两蹬,说:"请军代表放心,我能挺得住,今晚仍由我来开车。"

"好,我去叫医生来,给你上点药。"陈代表说着转身出了宿舍,不一会就领了一位军医走进来。那医生给小猢狲打了针,敷了药,还特地给他注射了当时十分贵重的盘尼西林,可是,仍然控制不住蛇毒的蔓延,伤口还是在恶化。吃过晚饭,众兄弟出去了,小猢狲一个人在宿舍里,双手捂着又肿胀起来的伤口,心情恼恨而又矛盾,他恨那个送药人,又巴望他早点把药送来,解除痛苦!

这时,门被轻轻推开,小猢狲一看,又是陈代表。陈代表见只有小猢狲一个人,就随手把门关好,然后轻声说:"把裤管卷起来。"说着,摸出一粒三分长的圆柱形蛇药。小猢狲一见蛇药,不禁一怔。他惊愕地瞪着双眼,看着陈代表笑眯眯地把蛇药一掰为二,半粒交到他手上,要他吞服。接着他把剩下的半粒,用烧酒溶成浆状,涂敷在小猢狲的伤口上。小猢狲好似木了一样,看着陈代表拨弄蛇药的一招一式,似乎与杨鸿兆没啥两样。他懵了:难道陈代表是送药人?惊诧间,他猛想起,杨鸿兆曾经说过:"你离开时间长一些,我们会有人帮你说话的。"但他仍不敢相信这会是真的。他想起杨鸿兆曾说过,送药人也是联系人,于是问道:"陈代表,今晚走哪条路线定了吗?"陈代表说:"行车图在我这里,你的伤口怎么样,敷了药感觉好些吗?""好些了。"

陈代表这才从口袋里摸出一张行车图,交给小猢狲说:"你把行车图仔细看一遍,要记牢。图看好仍还我!"

小猢狲接过行车图,暗暗惊呼:想不到杨鸿兆有这么大的神通,军管会里竟有他们的人!这六百亿人民币还能保住吗?

## 夜闹大柏树

小猢狲正在暗暗惊呼,陈代表已从他手中把行车图拿了过去,收藏好,然后严肃地通知他:"把五猴班集合起来,准备出发!"

小猢狲嘴里应了一声"是",双眼木呆呆地看着陈代表的身影消失在门口。他心绪乱极了:刚才好朋友长脚茶博士叫自己要恪守"受人之托,忠人之事"的准则,放胆去干,还向我投来神秘的一笑,眼下军代表老陈又成了送药人!自己简直像陷入迷魂阵。他苦苦思索了一阵,最后一咬牙,出去把众兄弟叫到车库面前的停车场。

停车场上停着一辆经过改装的美式吉姆西十轮卡,车后装了一只像四面不通风的巨型"饼干箱",显然是准备装运六百亿人民币的。陈代表要他们把十轮卡开到造币厂去装货。出车前,小猢狲拿起一面五色旗,插在车头左侧,然后又拿来一根小铁棒,忍着伤痛,检查车胎。当小猢狲弯腰时,两条腿却直打哆嗦,人蹲不下来。蓝老三在一旁看着他那吃力的模样,几步跨上前,夺过小铁棒,说:"我来检查。"说着,钻到了车肚底下,一会,钻出来,说了声:"没事。"于是五兄弟上了车。小猢狲启动汽车,朝造币厂开去。

这天,造币厂戒备森严,除开大铁门两侧的警卫外,又加派了全副武装的解放军巡查队。汽车驶进厂里,在库房前一停下,只见旧银行的库房主任已奉命办好了领款记账等手续,在那儿专等小猢狲他们汽车到来。这时汽车停下,便立即装车,车上的饼干箱顶部朝天打开,电动葫芦迅速地把一箱箱钞票吊进饼干箱里,只花了一刻钟时间,六百亿就全部装完,饼干箱的顶部又重新合上。

在大家装货时,小猢狲坐在驾驶室里没下车。但他的脑子里却一直在思索着,接下来将会发生怎样复杂的斗争。他正想着,蓝老三爬进驾驶室,关心地问:"老五,马上就要出发了,你的腿……"没等他把话说完,又见陈代表来到车门前,说:"老五,下来! 今晚很辛苦,军管会特地备了一些家常菜,让大家吃饱了再行动。你把班里的几个兄弟全请到楼上账房间吃饭。记住,别漏了人!"

小猢狲见陈代表老在汽车前后转来兜去,现在又通知他们上楼吃饭,一时猜不透他葫芦里卖的啥药,他多了个心眼,下车时在座垫上划了个暗记,然后在蓝老三的扶持下,出了驾驶室。蓝老三一跳下车,就对小猢狲说:"老五,货已上车,责任完全在我们了,我们人离开了,账房间离这儿又有一段路,要不要在饼干箱上加一把铁锁?"小猢狲一听,心中暗道:老三果然是个有心机的人,好像看出了自己的心思,处处在提醒自己。他连忙点点头,说工具箱里有把大铁锁,叫蓝老三去拿来。蓝老三拿了大铁锁,爬上车子,在饼干箱两扇腰门的耳环上用锁锁好。两人这才放心地往账房间走去。

账房间里放了四张八仙桌,五猴班占了一桌,桌上菜肴十分丰富,却没有酒。等大家坐下来,陈代表向大家打招呼说:"请大家稍候片刻,今晚徐主任要向大家讲话送行,徐主任马上就要来。"

这时,库房主任来到五猴班桌旁,笑着和大家打招呼,又掏出烟盒,给五兄弟每人敬上一支美丽牌香烟。蓝老三见库房主任敬烟不敬火,便掏出打火机,给众兄弟逐个点上火。趁库房主任与大家闲聊,他叼着烟出了账房间,过了一会,又笑嘻嘻地回到餐桌上。

这时,军管会徐主任来了,他与每个人一一握手,然后以汽水当酒向大家"敬酒",边吃边谈,这顿饭足足吃了一个小时。然后,他亲自把"五猴"班五兄弟送到汽车旁边,再三叮嘱:"一路小心,等候你们好消息。"

五兄弟到了汽车边,小猢狲向四位兄长一挥手:"上车!"五兄弟立即有条不紊地各就各位。洪老大是个左撇子,善用左手打枪,是有名的"左将军"。王老二是"右将军",他与洪老大一左一右,警戒汽车的两侧。老四外号叫"滚地猴",他身轻如燕,守护在汽车后挡板,一有情况,他就能神不知、鬼不觉地顺着后挡板滚到车肚底下打冷枪。蓝老三他的眼力特别好,人称"甩眼蓝老三",善使双枪,是小猢狲的助手,坐在驾驶室里,两眼左顾右盼,车子开起来,哪怕是一只蝴蝶掠过,也别想逃过他的眼睛。

小猢狲走到车前,先用目光往饼干箱一扫,就看清那把大铁锁原封未动。他刚要上车,蓝老三已抢先跳上驾驶室,扭亮车灯,然后伸手把小猢狲拉上车。小猢狲一看座垫上暗记还在,说明车子没被调换过,便当即吩咐蓝老三准备发车。蓝老三伸出头问后面洪老大:"都准备好了吗?""好了!"

小猢狲刚启动发动机,军代表老陈又来到车前,拔下车头左侧的五色旗,对小猢狲说:"今晚这面旗子就不要用了,隐蔽一些好。祝你们顺利而去,尽快凯旋!"小猢狲见陈代表拔去五色旗,心里一怔,他见徐主任没吭声,只得点点头,脸上没一丝笑容,脚一蹬,汽车慢吞吞地驶出了造币厂。

汽车出了厂,一拐弯,就是造币厂桥,下了桥堍,过了铁路,就上了一条直通大柏树的大路。当汽车来到路口,朝东拐弯时,小猢狲突然发现从转角上一家酒店里,走出一个跷脚来。他猛地一惊:这不是那个跛足叫花子吗?他刚要用脚蹬刹车,坐在他身旁的蓝老三,摸出烟盒,对他说:"老五,车莫停,今晚听我的!"说着把烟盒递到小猢狲面前。小猢狲朝烟盒一看,烟盒里有一颗三分来长圆柱形的蛇药。"老三,你?""想不到吧?老五,干好今晚的事,我和你都离开银行。有我三哥在,保你老五升官发财!"

陈代表的谜还没解开,万万没想到自己结拜兄弟中又出了个薄刀党!小猢狲一时弄不清陈代表和蓝老三谁真谁假,还是一伙。他试探地问:"老三,你什么时候加入薄刀党的?""薄刀党?我怎么会和他们为伍?老五啊,凭本事你比我强,只要你肯和我们合作,我介绍你参加我们敌后行动小组,保你当个中尉组员。今晚你听我的,就沿着这条路,一直朝东,我叫你转弯,你再转弯。"

蓝老三虽说没参加薄刀党,可他已为杨鸿兆收买,成了他的三号情报员。今天押运六百亿人民币的事,是他报告给杨鸿兆,才有薄刀党绑架小猢狲的事。刚才他见库房主任敬美丽烟,这是他们的联络暗号:"美丽",说明干得漂亮。他见库房主任是同伙,六百亿人民币是他经手的,更放心了。他叼着烟躲进厕所,扒开烟卷一看,里面有一张小纸条,上写:大柏树劫车。

现在,小猢狲以每小时四十公里的速度朝前开着。当车子驶到共和路口,小猢狲放慢车速,故意问道:"老三,一直开,还是转弯?"蓝老三说:"一直开。"这时,小猢狲从反光镜里看到后面有一辆车子尾随在后,便说:"老三,后面有情况。"蓝老三凭着他那双野猫似的眼睛,早已看清了后面跟踪的汽车车头左侧,插了一面五色旗子,这是他送给杨鸿兆作记号的,因此他心定地说:"你只管朝前开。"

小猢狲几次探不出蓝老三的底,只得往前开,很快就接近市郊。一过大连路,路两边全是田野,显得黑暗而荒僻。汽车一到大柏树,小猢狲将车子停了下来,想看看蓝老三如何反应。

谁知蓝老三见他停下车,没有指挥他拐弯往吴淞开,而是手抓车门,探出身子,向四下张望。就在这时,跟在后面的小汽车"呼"一声超到前面,转弯上了逸仙路。蓝老三当即命令小猢狲跟上。小猢狲启动大卡车刚上了逸仙路,突然迎面飞来一辆大卡车,直冲过来。好个小猢狲,沉着镇静,几乎在两车轰然相撞的一霎间,猛然一扳方向盘,车子一个九十度拐弯,横在马路当中。对方汽车也来个紧急打横,两部大卡车正好头靠头,肩并肩,排在一起。

小猢狲跳下车,打算教训对方几句。哪知这时对方驾驶室里也跳下一个人,小猢狲借着路灯光,看清了那人正是杨鸿兆。杨鸿兆跳下车,将手一挥,薄刀党黑汉子也跳下车,接着又从车上跳下二十来个薄刀党歹徒,好似饿疯了的狼群,一齐朝吉姆西大卡车涌来。

守在大卡车上的五猴班三兄弟,一见这么多人拥上来,知道遇上了劫车匪徒。洪老大和王老二眼明手快,同时举枪撂倒两个匪徒。随着枪声,他们跳下车子,伏在路边隐蔽处伺机射击,白老四已顺着后挡板钻进了车肚底下。

杨鸿兆见还没挨着六百亿的边儿,就报销了两个兄弟,气急败坏地冲着蓝老三和小猢狲吼道:"你们搞什么鬼?怎么把我们的人打死了?"蓝老三转身朝路边大声喊:"老大、老二,别开枪,今晚这车人民币,老五已经卖给人家了。大家都是自己人,别伤了和气。"洪老大和王老二听到这话怔住了,他们枪一停下,薄刀党黑汉子已带着几个匪徒上了"吉姆西"。黑汉子跳上驾驶室发动车子,准备逃走。这时伏在车底下的白老四见车子已经发动,他就地滚到路边,举枪朝驾驶室里打了一枪,只听"哎呀"一声,正好击中黑汉子的左臂。

蓝老三见白老四不听他的话,顿时急红了眼,掏出双枪,转身对着白老四"砰砰"两枪。只听"啊哟"一声惨叫,蓝老三双枪落地,两手鲜血直冒。

原来就在蓝老三要向白老四开枪时,被站在一边的小猢狲看见了,为救白老四,他迅速摸出双镖,双手一抬,"嗖嗖"两枚钢镖不偏不倚扎在蓝老三左右两手的脉门上。

蓝老三痛得龇牙咧嘴,冲着小猢狲弹出了眼乌珠:"你、你扎的镖?"说着一咬牙,拔下左手腕上的钢镖。钢镖一拔,手腕上的鲜血直淌,痛得他蹲在地上,再也没有勇气拔下右手腕上的钢镖了。

小猢狲救了白老四后,见那左臂受伤的黑汉子已发动车子要逃,他感到要堵已来不及,急忙拔出第三支钢镖,"嗖"一声,只见一道白光不偏不倚飞到吉姆西的油箱上,只听"噌"一声,油箱打穿了,汽油顿时"哗哗"流出来。

黑汉子一见油箱被打穿,急忙从驾驶室里探出头来,他这一探头,正好被伏在路边红黄白老大、老二、老四三个兄弟瞧见了,三人同时举枪,只听"砰砰砰"三声响,黑汉子脑袋上顿时添了三个窟窿,脑浆流出,一命呜呼。在行动中的吉姆西失去控制,就像吃醉酒的醉汉,歪歪斜斜撞在路边电线杆上不动了。

蓝老三见车子已动弹不了,赶紧就地滚到车肚底下,打算拉响他刚才挂在那儿的手雷,谁知一看,手雷没了影,只有两只烂草鞋。

杨鸿兆发觉形势不妙，赶紧奔到停在逸仙路上的小汽车前，钻进车厢，举枪瞄准小猢狲。就在他要扣动扳机时，突然身后伸过一只手来，把他手中的枪摘下了。他回头一看，是两个陌生人。再看看跛足叫花子，身子被绑在汽车座位上呢！

这两个陌生人是谁？一个是一乐天茶楼的长脚茶博士，一个是军管会的陈代表。原来，跛足叫花子从造币厂转角酒店里出来时，就被解放军抓获了，并且利用他的汽车跟吉姆西后面到了大柏树，停在那儿，等鱼入网。从匪徒劫车到现在，战斗只进行了十几分钟。杨鸿兆被捉，黑汉子毙命，蓝老三负伤，跛足叫花子就擒，余下的二十来个小匪徒，也被包抄过来的解放军一网打尽。

战斗结束了，陈代表和长脚茶博士从小汽车里出来，走到小猢狲面前，和他紧紧握手。五猴班洪老大、王老二和白老四三兄弟也围了上来，问小猢狲："老五，我们没有完成押车任务，怎么办？"

陈代表笑嘻嘻地说："不，你们的任务完成得很漂亮，你们今天表现得也很出色！"陈代表见他们莫名其妙地愣着，又接着说，"过去我们在暗处，敌人在明处；现在解放了，我们在明处，敌人派特务潜伏下来了，他们在暗处。敌人炸金库没有得逞，就打算抢劫六百亿人民币。我们在请示上级后，决定来个将计就计、引蛇出洞，因此就决定让你们五猴班担当押运任务。五猴班名气响，易于吸引敌人。今天这事，还多亏我们这位长脚茶博士帮了大忙，由于他及时报告了薄刀党绑架老五的情况，才使今天的计划进行得这么顺利。不过，老五可吃了大苦啦！"

洪老大急着问："那车上的六百亿人民币怎么办？"

陈代表幽默地说："历史上有这么一个故事，叫做'明修栈道，暗渡陈仓'。当大家在造币厂进晚餐时，军管会的同志早把车上的饼干箱来了个'狸猫换太子'。当然,蓝老三加的那把大锁,也锁不住我们手脚的。现在那六百亿人民币已经从浏河上船,到达崇明了。"

小猢狲心情沉重地对三个兄弟说:"真没想到,我们五猴班里,也被敌人插下一枚暗钉子……"

陈代表却安慰大家说:"这是好事啊!以后,你们五猴班虽然少了一个猴,但更纯洁了,人民就更信任你们了!"

(黄宣林)

谁能把生死置之度外,他就会成为新人。谁能战胜痛苦和恐惧,他自己就能成为上帝。

# 激战魔尸岭

## 岔　道

在方圆八百里的凌南山区中,有一个小得在地图上连影子都找不到的魔尸岭。这魔尸岭,远离城市,冷落偏僻,历来是盗贼出没的地方。解放后这里太平了一段日子,可是到了那动乱的十年,那儿又出现了行人被劫、路人失踪、盗贼"鬼影"出没无常的状况。

1978年8月下旬,虽说已入初秋,但天气仍旧热得让人透不过气来。这天下午,在姚湾镇通往十八坑的大道上,有一辆平板三轮车"吱吱嘎嘎"缓慢朝前驶着。车上坐着一位妇女,她的膝上伏着一个已睡着了的男孩,一旁放着行李细软。

这妇女名叫淑蕙,四十出头,由于多年的山村生活,脸庞显得黝黑,但体态匀称,胸脯丰满,眉宇间依然不失当年的俊秀风韵。

此刻已近黄昏,阵阵晚风掠过,扫去了白天的燥热,淑蕙挪动了一下身躯,用手掠掠鬓发,又抚摸了一下她那才满十一岁的儿子小峰,然后抬起脸,把眼光落在三轮车夫的身上。那车夫,身躯高大,衣衫破旧,头戴草帽,帽檐压得很低,正低着头吃力地蹬着车子。

此刻,天已大黑,月儿爬上树梢,路上见不到行人。月光下,隐约可见远处黑幽幽的山峦,四周死一般的静,唯有三轮车那"吱呀吱呀"的叫声,在这旷野里显得特别的刺耳。

淑蕙对这一切毫不介意,她的一颗火热激荡的心早已飞到了丈夫身边。二十年前,她的丈夫欧阳伯卿是凌峰市文物考古研究所的副研究员。当时,她刚大学历史系毕业分配到该所,担任欧阳伯卿的助手,是共同的事业,为他俩铺平了爱情的道路,从而结成了一对美满理想的夫妇。不料结婚不久,一场"红色风暴"席卷而起,丈夫被按上了"特嫌、汉奸"等莫须有罪名,被驱赶到百里外的山村——瑞竹镇乡下当农民。她也毅然随丈夫一起去了山村。十年的风风雨雨终于熬过来了,"四人帮"垮台了,大好春光又重返了人间,丈夫的问题非但得到了甄别平反,还被任命为研究所的副所长。

一周前,她的丈夫欧阳伯卿接到了调令,必须在八月十五日以前赶回凌峰市报到。调令来得如此突然,又如此紧急,欧阳伯卿来不及收拾,也来不及向当地四邻父老告别,就匆匆登上去凌峰市的行程。

送走丈夫之后,淑蕙收拾了箱笼细软,办好家具托运之后,便告别乡亲,带了儿子小峰,于今早六点,乘轮船离开瑞竹镇,经水路来到了姚湾镇,又从姚湾镇雇了人力三轮车去十八坑,然后转乘汽车去凌峰市。

三轮车一阵颠簸,把淑蕙从蒙眬中惊醒,她抬眼看看,发现三轮车不知什么时候已经离了大路,弯进了一条更为崎岖狭窄的小道。淑蕙惊诧地问道:"怎么不走大道?"车夫说:"这是在抄近道走。"

淑蕙借月光看了下表,不由得大吃一惊:"怎么,已经八点半了?""是吗? 都是这该死的车胎跑了气,蹬起来像挑石头一般重,看来是误了你的路了。"

淑蕙的心不禁"怦怦"地跳起来。她感到自己一个单身女子,在昏黑无人的荒野里,万一遇上歹徒,后果不堪设想,她竭力让自己镇定下来,警惕地注视着四周。

突然,车夫"呀"地一声惊叫,把刚刚镇定下来的淑蕙惊得心又"怦怦"直跳,她探身张望,只见前面是条三、四米宽的小河,架在河面上的桥板已被拆去。车夫叹着气嚷道:"这下完了,完了。"

淑蕙也惊呆了,一时不知如何是好。

车夫下了车,扫了淑蕙一眼,用征询的口吻说道:"这样吧,我家离这儿不远,今晚暂且在我家里住一宿,明天一早我就送你去十八坑。"这时小峰也被惊醒,一迭声地嚷着:"妈,我饿。"淑蕙觉得重新返回大道已不可能,事到如今,也只得听之任之了。

于是,车夫吃力地折回三轮车,往他家的岔道上蹬去。

## 夜　惊

车夫的家坐落在魔尸岭的半山腰上,三间茅草屋,用竹篱笆圈成一个不太大的院子,大门对着一条三米来宽的红土路。

车夫告诉淑蕙,他家就母子两口。车夫帮淑蕙卸下行李后,把车子推走了。淑蕙牵着小峰走进门,车夫的母亲便迎出来。淑蕙一抬头,猛地吓了一跳。只见这老婆子,六十挂零,高挑干瘦的身材,鹰钩鼻,削尖的下巴,长得如鹰一般的两只眼睛不住地在淑蕙和小峰身上扫来扫去。她见淑蕙站在门前,忙满脸堆笑,热情地先打来热水,让淑蕙母子俩洗了脸,然后端来饭菜,请母子俩用餐。

老婆子倒也健谈,吃饭间,她和淑蕙攀谈起来。老婆子说她丈夫原先也是三轮车夫,前几年故世了。儿子接了丈夫的活,是姚湾镇三轮车社的车夫,现在就靠儿子每月挣四十几元钱度日。因为家穷,儿子快四十岁的人了,还没有婚娶,看来这一世是没有指望了。

老婆子也问起淑蕙的情况。淑蕙觉得她挺直率,也就如实把自己和丈夫的情况说了。

吃好饭,老婆子对淑蕙说,她儿子上山寻野味去了,要到明早才回来,就安排她们母子俩睡在她儿子的房间里休息。

此刻,外面已下起了雷阵雨,雷电交加,大雨如注。窗外黑得如锅底一般,淑蕙的心情却比这漆黑的夜晚还要沉重。她怎么也没预料到今晚会在这荒山野岭住宿。因为心中有事,虽然旅途劳顿了一天,她此刻竟毫无睡意。儿子小峰兴致勃勃地在玩皮球。

淑蕙不想睡,索性坐在床边编织起毛线来,她边编织边打量起室内的陈设来,只见壁上挂着一幅"福禄寿三星高照"古式画轴,两侧还配有一副对联:寿比南山松不老,福如东海水长流。笔力挺拔雄健,不像是常人所写。屋角搁有一只雕有《西游记》故事的红木花几,几上放着一盆由海南岛的沙石堆砌成的名贵盆景,盆内由于多日不上水,沙石表面的青苔已开始枯萎。淑蕙看着这些陈设,越看越觉得别扭,怎么也同这茅草屋和它的主人连不到一块儿。

突然,她的目光落在桌上那只暖瓶上。那暖瓶米黄色壳子,瓶塞的边缘明显地缺着一角。她的心猛地一阵抽搐:这暖瓶怎么同自己丈夫带走的一模一样?她连忙放下手中的毛线,走过去,提起暖瓶,用手探了一下瓶底。这一探,她差点昏厥过去。因为,在丈夫临行时,为了以防万一,她把钱密封在暖瓶下部。现在这钱还在下面。顿时,一股惊恐之感袭上心头:看来丈夫十有八九遭了劫难!而自己和儿子又身陷贼巢!一时间,惊恐、悲愤和仇恨在她的心头燃烧。她牙齿咬得咯咯作响,她明白目前的处境,她竭力控制自己,不让自己露出丝毫痕迹。她要设法逃出去,替丈夫报仇。主意拿定,她便镇定地回到床边坐下,一边编织毛线,一边思索着如何逃出虎口。

突然,小峰惊叫起来:"妈妈,床下趴了一个人!"淑蕙闻言,明知小峰不会瞎说,但为了稳住床下人,故意嗔道:"胡说,床下怎么会有人,准是你看花了眼。"她边说边朝小峰狠狠瞪了一眼。这一下也果真灵验,小峰给莫名其妙地唬住了,傻着眼盯着妈妈。

淑蕙想察看一下床下的情况,她故意把毛线团扔在地上,然后借着弯腰拾毛线团的一刹那,朝床下瞟了一眼。她看到了一只穿着破胶鞋的大脚,从这破胶鞋就可断定是那个车夫。

她两手飞快地编织着毛线,心里却不停地翻腾着,盘算着,是自己先逃出去,还是带小峰一块逃。

这时,她似乎听到床下动了一下,她更紧张起来。她觉得再不能迟疑了,与其两人都死,还不如先逃出一个再作打算。她将小峰紧紧搂在怀里,抚摸着他的头,尽可能心平气和地说:"乖乖,你呆着,暖瓶里水没有了,妈到隔壁去倒点开水来。"说着,她赶紧立起身,走到房门处,出了房门,又轻轻将门掩上,然后摸着黑蹑手蹑脚摸到了堂屋大门的门闩。跨出门,就被瓢泼大雨淋个湿透,她正要向大路的方向走去,忽然看到一条黑影像木桩一般地竖立在院门口。就在这时,天空"唰"一道闪电划过,那黑影扭过身躯,站在淑蕙面前的竟是一个身穿白色长袍,头大如斗,披头散发,口吐一尺多长红舌的狰狞恶鬼。淑蕙吓得肝胆俱裂,赶紧拔脚就往屋后跑。屋后有一大片竹园,竹园中间辟有一条仅两尺宽的小路。淑蕙慌乱地沿着小路奔逃,不料刚迈出几步,就被小路两侧系着的许多根绳子绊倒在地。她刚要爬起来,身子已被一只大手揪住。

逮淑蕙的正是那个车夫。他将淑蕙拎到东屋,掼在地上,露出魔鬼般的狰狞嘴脸,"嘿嘿"狞笑两声,说:"你还能逃出我的手掌?"说着抓过吓呆了的小峰,用麻绳反绑在红木桌子的腿上。

淑蕙此刻已把生死置之度外,她见车夫绑她的儿子,一股怒火冲天而起,她从地上爬起,抓起屋角的盆景向车夫的头上猛砸过去,只听"哗"一声,正砸在车夫的头部。盆景砸碎了,车夫被砸得一阵摇晃。但他毕竟是个彪形大汉,马上又站稳了脚跟,他像头暴怒的狮子,扑向淑蕙,反扭住她的双臂,也用麻绳将她反绑在床架上。

淑蕙此时反倒镇静了下来,冷冷地问道:"你要干什么?"车夫恶狠狠地说:"我要你人。老实告诉你,你的丈夫已经命归西天了。现在我要你这个寡妇做我的老婆!"一听丈夫已死,淑蕙悲愤已极,她大骂着,挣扎着,要和这杀夫强盗拼命。

车夫又"嘿嘿"冷笑两声,一抬手从怀里抽出一把寒光凛凛的尖刀,挥舞了两下,说:"既然你不答应,那就别怪我不客气了,我先拿你的小祖宗开刀!"说完,便一步一步朝小峰走去。

眼看着自己亲生儿子就要被贼子一刀捅死,淑蕙的心碎了!摆在淑蕙面前的,要么救儿子,要么失身于贼子。她恨不得生吞活剥了贼子,然而此时她却动弹不得。眼看贼子已走到小峰面前,救孩子要紧!她突然哀叫道:"你放了孩子吧,我答应你就是了。"

车夫见淑蕙答应了,他淫笑一声,就给小峰和淑蕙松了绑。

淑蕙刚松了口气,谁知那车夫回过身说:"你光口说不行,你得给我现卖的,给我脱下衣裳,马上上床。"

一听这话，淑蕙一下惊呆了，她望着他手中的刀子发怔。忽然，她看到那贼子上身穿的是件紧绷绷的针织毛衫，顿时冒出了个主意。她故作羞涩地说："当着孩子我怕羞，你先脱了衣服上床，待我把孩子安排睡了再脱衣服。"

此时，这家伙骨痒如酥，他把刀子往桌上一撂，瓮声瓮气地说道："谅你也飞不到天上！"说着，用两手抓起毛衫的下襟翻剥上去。

就在毛衫蒙住他头脸的一刹那，只见淑蕙一个箭步扑上去，抓起那把刀子，狠命地朝那贼子的胸口扎了进去，鲜血顿时冒了出来。那贼子只吐出"呜——"的一声，便慢慢地瘫软了下去。

淑蕙也没管他死了没有，一把拉着小峰飞步逃出了屋子，借着雨过天晴的皓月，沿着那条红土大路狂奔而去。

## 绑　　架

淑蕙母子俩逃出了魔尸岭，来到岭外五里许的一个小村，很快找到了该村的大队支书。支书听了事情的经过，立即挂电话报告姚湾镇派出所，派出所又立即向县公安局作了电话汇报。

第二天一早，县公安局刑侦科长李云龙带了五名助手，分乘两辆三轮摩托，赶到支书家。而后带着淑蕙和支书直奔魔尸岭，赶到车夫家，发现车夫已死。李云龙立即提审那个装僵尸的老婆子。

老婆子名叫郭春香，解放前是娼妓，车夫的父亲是个行劫惯匪，他俩结合后，狼狈为奸，装鬼吓人行劫。郭春香望望李云龙手中那把刻有"史记"的短刀，说，有一次，她和丈夫外出行劫，她丈夫扮僵尸鬼，她伏在暗处做内应，谁知遇到一个行路人，那人非但不怕鬼，反而扑到她丈夫身上，朝他胸口猛刺一刀，郭春香一见赶紧从暗处出来，用菜刀削去了那人的半只左耳，那人负伤后,丢下刀逃走了,而郭春香的丈夫回到家就死了。从此,这刀就由郭春香儿子带在身边。郭春香说到这儿"呜呜"哭道,她的儿子也一定被这刀的主人所害。

但当李云龙问及欧阳伯卿的下落时,郭春香却矢口否认是她和她儿子害死的。她说那只暖瓶,是她儿子从一个姓李的乞婆家提回来的。

李云龙见审不出欧阳伯卿的下落,便下令搜查。结果,从她家的砖砌地窖里查到了许多财物细软,却不见欧阳伯卿随身携带的那只皮箱和公文包;又从一处菜畦地的土坑中挖出八具尸体,但也没有欧阳伯卿。

欧阳伯卿生死未卜,下落不明。李云龙隐隐预感到欧阳伯卿可能不是她母子所害。那么,他的暖瓶又怎么会在李乞婆的家里?他感到案情复杂化了,他决定逮捕郭春香,继续审问,同时把勘察重点放在查清欧阳伯卿那天途经姚湾镇的情况。

李云龙和助手们分头经过几天调查和提审郭春香,终于对欧阳伯卿的行踪,有了一个大致的了解。

八月十三日下午,欧阳伯卿雇了车夫的三轮车去十八坑。下午六时许,车经五棵松时,路旁有个白发苍苍的老婆子在捡柴禾。车行到老婆子身边,老婆子抬起头,一双昏花的老眼凝视着车上的欧阳伯卿,突然,她惊喜地喊道:"哎呀,是伯卿呀,我的孩子,快下来,进屋歇歇。"欧阳伯卿也认出了对方,她就是以乞讨为生的李乞婆。欧阳伯卿赶忙跳下车,走上前说:"咦,伯娘,你就住在这里呀?伯娘,今晚我还得赶到十八坑,改日再来看望您吧。""不,孩子,今晚你无论如何得在这里歇息,明天再走吧,我也是个快要入土的人了,说不定以后就见不上面了……"说着,突然剧烈地咳嗽起来。看到老人这副模样,欧阳伯卿心里感到难过,就决定在这里留一宿,并约定车夫第二天一早来这里接他继续去十八坑。但当第二天车夫赶到这里时,这里已经烧成了平地,欧阳伯卿也不知了去向。

据郭春香供称:十三日晚上十时后,她儿子,也就是那个车夫,从姚湾镇蹬空车回家,在路经五棵松时,发现李乞婆的草棚正在着火,他赶紧赶了过去,借着火光,发现李乞婆躺在地上,已经死了。屋里一片狼藉,他判断刚刚这里发生了一场凶杀恶斗,见桌上放着脸盆和暖瓶,便顺手牵羊把暖瓶拿回家来。

李乞婆为谁所害?欧阳伯卿往哪去了?经与欧阳伯卿单位联系,该单位所以要欧阳伯卿急于赶回去,是因为有关部门最近有所指示,皇姑岭上的皇姑墓群埋藏了价值连城的珍贵文物。并据敌情通报,海外走私集团也正通过国内的地下匪帮,千方百计地要设法打开皇姑墓的大门。为了确保这笔历史遗留下来的财富及早地回到人民的手中,所以调令上指定这位经验丰富的老专家务必在八月十五日前赶回报到。所谓皇姑岭就是魔尸岭。皇姑墓群是由皇姑墓为主墓的十多个墓穴所构成,但谁也说不上皇姑墓在哪里。

李云龙和助手们曾去魔尸岭进行了搜索,在魔尸岭的西麓灵隐坑密林中,发现了一只皮鞋和一支英雄金笔。经淑蕙辨认,这两件东西都是欧阳伯卿的。由此可见,欧阳伯卿是遭人绑架了,而且歹徒绑架他的目的,可能与敌人企图打开皇姑墓有关。

李云龙初步掌握了上述情况后,立即向县公安局领导作了汇报,并提出把寻找欧阳伯卿与侦察匪徒企图打开皇姑墓结合起来进行。

# 私　访

这一天,李云龙一身山民装束,正漫行在一条蜿蜒小道上。只见他肩挑木匠工具担,头戴本地斗笠,嘴里随意地哼着不知名的小曲,可他两只大眼睛却机警地观察着四周。李云龙乔装来这一带侦察已经两天了,可至今尚未捕捉到心目中的猎物,心里不免有点焦躁。

忽然,他似乎听到一旁传来"嗡嗡"的鸣叫声,他侧头一看,啊,蜜蜂!他的目光不由停留在前方掩隐在一棵银杏树后的窝棚上。那是一座新盖不久的三角形简易草棚,草棚前辟有一块不大的场地,场地的一角堆放着数十只蜂箱。李云龙加快了脚步,径直向草棚走去。到了场地上仍不见人影,他正欲叫喊,突然听得"呜"地一声怪叫,从草丛内窜出一条大如牛犊的狼犬,恶狠狠地向李云龙扑来。这突然袭击使李云龙吃了一惊,他赶紧镇静一下,拉开架势,就在恶犬扑到他脚边时,他来了一个勾扫腿,犹如疾风扫落叶,猛地将恶犬扫出一丈余远。恶犬呻吟着爬起来,正要反扑,只听得棚内"阿路"一声呼唤,恶犬顿时服服帖帖地向棚内奔去。随即从草棚中走出一个半老头儿,只见他满脸络腮胡,身板硬健,体格高大。他伸出毛茸茸的大手,赞道:"好拳法,好拳法!"

李云龙并不理会半老头儿的夸奖,嘴里嘟囔着:"老伯,我想讨口水喝,想不到……"边说边向棚里走去。

半老头儿倒也好客,一边让座,一边端过茶水,嘴巴里依然对李云龙赞不绝口:"老弟的南拳功底还真不错嘛,是跟哪位大师学的法儿?""是家传的一点防身小术。"李云龙漫口应道,转而反问,"看来,老伯对拳数也蛮熟路唷?""哪里哪里,略知一二罢了。"半老头儿见李云龙盯着蜂箱上写着的"七星大队"字样看,忙转过话题说:"我是七星大队的养蜂员,队里说我有养蜂经验,就给安排了这活计。"

李云龙没搭腔,他叼起一支烟卷,给半老头儿也递过一支。就在递烟时,他猛然发现半老头儿的左侧残了大半截耳朵,只留下月牙般的根儿。他心里不由"怦怦"跳了几下,但立刻不动声色地从裤袋里摸出带有微型摄影装置的打火机,借着给半老头儿点火之际,"咔嚓"一下摄取了他的面相。

半老头儿对李云龙的打火机发生了兴趣,他从李云龙手中接过打火机,玩赏了一番,说:"老弟还使这么一个玩意儿?"

李云龙赶紧接过打火机,淡淡地说:"这是我表弟给买的,他在省城工作。老伯要是喜欢,下次给您带一个来吧。敢问老伯贵姓大名。""不敢,史大海。"

李云龙有意侧身望了一眼偏西的太阳,故作惊讶地说:"哟,时候不早了,还得赶路呢。"说着,挑起工具担,道谢而去。

李云龙赶回公安局,冲出像片,然后提审郭春香。郭春香一看照片,立即肯定此人正是杀死她丈夫的那个人。

经查阅档案,了解到史大海现年五十四岁,曾是玉泉山阿育王寺的和尚,懂武术,1945年还俗于七星村一带作盗为害,1953年被收捕入狱,1963年刑满释放,现为七星村社员。

李云龙向局领导汇报之后,决定亲往七星村探明情况。

七星村坐落在魔尸岭和青牛岭相毗连的峡谷里,名为乌龙溪和白龙溪的两条山溪,在这里交融汇合,昼夜不息地发出淙淙水声。沿乌龙溪上行不远,有一栈桥于岩壁间悬空而过,这一栈桥实际上就成了魔尸岭与青牛岭连结的纽带。栈桥的西侧,即青牛岭一侧,在山腰平坡上,耸立着一座天主教堂。这教堂自古以来就是方圆几十里信徒们顶礼膜拜的圣地,不过自"文革"始,就停止了活动。

七星村是个拥有百多户人家的大村落,在行政上划归七星大队,全村近乎百分之九十的居民信奉天主教。

隔天下午,李云龙冒着淅淅沥沥的淫雨,仍是上次打扮,挑着木匠工具担,跟在七星大队甄支书的后面,朝村西头走去。

他俩来到史大海家,见大门紧闭着,敲了半天,才慢慢地开了半扇,伸出一个三十上下年纪的女人头来。那女人探头探脑地张望了一下,发觉是大队支书,忙谄媚地笑着打起招呼来。

支书老甄也不搭话,只顾领着李云龙走进堂屋,一屁股坐在椅子上。李云龙环顾了一下四周,这是一排三间的茅草屋。李云龙已听过老甄介绍,这家就夫妇两口,老夫少妻,没有子女,却也没有发生过口角之类的事。这时,李云龙目视老甄,示意他开口。老甄抓起旱烟筒,开口问道:"大海呢?""他上山觅野味去了。"女人一边答着,一边用目光不住地在李云龙身上扫来扫去。

老甄直截了当地介绍说:"这位李师傅是我的远房表侄,要在这一带兜揽些木工活,挣几个活钱。你家丁口少,有空房,所以借你家住上十天半个月,房租照付。"

那女人一听,忙把头摇得拨浪鼓似的说道:"支书呀,我家哪来什么空房。你是清楚的,我和大海住在东房,西房堆了不少杂七杂八的家什,挤不出呀!"老甄摆出支书的架势说:"不要紧,把西屋整理整理,挤个铺还是可以的。"那女人嘴里嗫嚅着:"那……那也得等大海回来才得定哪!""这点面子他会给的。告诉你吧,和我表侄在一起保证合得来。"老甄说着立起身,"好啦,就这么定了。"

老甄转身又对李云龙说:"玉虎,你就放心住下吧,这位阿玛婶可是个热心好客的人哪!"说毕,他向那女人扬了扬手,走了。

那个被叫做"阿玛"的女人,眼瞪瞪地望着扬长而去的大队支书,愣了半晌,方才醒悟过来,忙着招待客人。

其实,史大海根本就没有出门。他正躲在东房,把堂屋里的对话听得一清二楚。他听得老甄走远,即从后窗一跃而出,闪身消失在村后的密林夹道上。

史大海急慌慌来到一间密室。那密室拉着黑色窗帘,光线极暗,室内什么也看不见,唯能见到的只有一个秃头上闪着微光的家伙,他正背窗坐在太师椅上,默默地品味着史大海的汇报。过了好一会。他才慢吞吞地对史大海说:"看来公安局已在注意七星村了,说得更准确些,也就是先拿你开刀了。"史大海听他这么说,不由得打了个冷颤,感到脊背发凉。顿了一下,那家伙又继续说道:"听说最近公安局在魔尸岭抓了人……他们丢了欧阳伯卿,又见死了李乞婆,你说他们能不刨根究底么?前天你放蜂碰上的那个不明来历的木匠,而今天这个木匠偏又要在你家住下,你说怪也不怪?那天你们把欧阳伯卿抓来的路上,有没有给他们留下什么把柄?"

史大海惊慌地矢口否认:"没、没有,那是绝对不可能的。"

"嘿,好一个绝对不可能。"那家伙声色俱厉起来,"我问你,欧阳伯卿的那只鞋到哪儿去了?""……"史大海无可辩解,耷拉下脑袋。

"得立刻把那木匠干掉,使公安局无法插手七星村!"那家伙说到这,语气缓和了些,凑到史大海的耳边,如此这般交代了一番。

史大海挎着猎物回到家里,已是擦黑时分。一见李云龙,立即满脸堆笑地说:"哎呀,是您来啦,欢迎欢迎……晚饭用过了吗?"

他的妻子阿玛告诉他,是支书家的亲戚,要在这里住下,说着,不住地向他丈夫眨眼睛。史大海一副满不在乎的样子:"可以可以,我们还有一面之交哩!"

用过晚饭,史大海带着一副似笑非笑的面孔对李云龙说道:"寒舍实在窄小,我家后有一柴屋,原本是先父的住所。先父已于前年去世。现空有小床一张,委屈李师傅就在那里住下吧!"

李云龙正要看看他演的是什么把戏,于是随口应道:"出门人不求讲究,但有一留宿之处,也就满足了。""不过,那间屋子经常闹鬼,你不害怕吗?""我是不信鬼的,当然也不怕什么鬼。""那好,其实也没有啥。"嘴里说着,脸上掠过一丝不易觉察的奸笑。

# 毒　蛇

　　史大海陪着李云龙往柴屋走去,那柴屋说是在他家后面,其实是在离他家足有三百米远的乌龙溪畔,那儿四周没一户人家,是个人迹罕至的冷僻所在。李云龙进入柴屋,屋子约有二十多个平方,里面堆了小半间柴。靠窗的一侧搁了张小床,还挂了一顶旧得发黑的麻布蚊帐。床沿上积了厚厚的灰尘,窗棂上挂满大大小小的蜘蛛网。而屋里特别引起李云龙注意的是,停放在屋角的那口黑漆大棺材。他知道,按本地风俗,人死后停棺一年半载是常有的事,但他想起刚才史大海的闹鬼之说,倒不能不引起他的注意。

　　史大海和李云龙寒暄了几句,就告辞了。李云龙透过门缝,看着史大海走远了,赶紧从工具箱的底层抽出一把五四式手枪,将子弹推上膛,压在枕下。

　　整个屋子仅床头有一扇旧式窗户,窗户纸早已穿透了许多窟窿,晚间的山风将破碎零落的窗户纸片扑打在窗棂上,发出"嗦嗦"声响。从破窗洞里吹来的晚风,把小桌上油灯的火舌拉来拽去,给墙上、地上投下了团团阴影,更给室内增添了阴森恐怖的气氛。

　　蚊虫在耳边"嗡嗡"地叫个不停,李云龙索性将蚊帐的帐门高高挂起,仰面躺在床上。他脑海里上下翻腾着一天的情况:史大海的西屋明明可以空出来让自己住,为什么偏偏要把我赶到这么个糟屋子里过宿?甚至还用闹鬼之类的话来吓唬我?刚才史大海的妻子阿玛为何那样失态?史大海又为何慷慨留客?想到这些,他判断,从这些迹象来看,很可能敌人认为公安局已在注意他们,而断定自己就是公安局派来的。这样看来,敌人很可能在今晚要对自己下手。

为了引敌上钩,李云龙干脆将油灯灭了,纹丝不动地躺在床上,并假装打起呼噜来。

子夜过了,窗前微弱的月光已经消失。李云龙看了一下夜光表,已是凌晨一点五十分了,仍不见有什么动静。难道今晚他们不会对自己采取行动了?难道是自己的神经过敏而造成的错觉?渐渐地他心理上的防线松弛了,蒙眬中迷迷糊糊地睡着了。

忽然,平地卷起的一阵怪风将李云龙从梦中惊醒。他听到离头部不远的窗棂处发出了"嗤溜溜"的声响,他暗叫一声"不好",赶紧"嗖"地一下把身子缩到脚跟头的床边,又一个"落地生根",寂然无声地窜下了床,站到距床约五步开外的大门旁,随即麻利地从怀里取出手电一照,不由倒抽一口凉气。只见一条胳膊粗细的蝮蛇正从窗棂格里游动进来,拳头大的菱形蛇头已探到了枕边,"丝丝"地吐着长舌,似乎在搜索袭击目标。李云龙立即断定这是一条经过训练的毒蛇,此时放蛇人肯定就在窗外。若是立即开门出去追捕他,在这漆黑的夜晚,单枪匹马,环境陌生,未必就擒得住他,而结果反倒一下全暴露了自己的身份。他决定索性来个装聋卖傻,只当这条该死的蛇是自己溜进来的。这时,蛇已盘踞在床上,黑糊糊像一大堆牛屎,而蛇头却伸出老高,似乎还在探寻着什么。李云龙迅即从工具箱内取出一把锋利的斧子,迎着蛇头,照准蛇的七寸部位狠狠地砍下去,蛇头顿时落地,蛇血把卧席染红了一大片。他拎起蛇尸,开了门,将蛇尸拖出了门外。他凭夜行侦察中锻炼出来的"特异功能",细细地观察了一下四周,哪儿还有什么人影。他也不加理会,转身关上了门。睡看来是睡不成了,他点着油灯,坐等天明。

第二天清晨,他趁用早饭之际,将昨夜遇蛇的情景绘声绘色地向阿玛讲述了一番,而后观察她的反应。阿玛的两只杏眼瞪得大大的,似乎很吃惊,转而却轻描淡写地补上一句:"这山里的蛇就是多,我也遇上过好多次呢!"

　　李云龙默默地咀嚼着饭菜，忽然似有所觉地发问："大海哥呢？"

　　阿玛拉长了腔调，嗲声嗲气地说："他呀，一早就跟大队的独轮车队载粮去姚湾镇了。"说着还朝李云龙飞过一个媚眼。

　　李云龙只当没看见她那媚态，他急于想摸清史大海的行踪，忙问："今晚他不回来啦？""山区交通不便，一天哪能回得来？起码也得三、四天！"阿玛的脸上飞起一片红晕，媚态毕露，身子渐渐挨近了李云龙，"我也怕蛇，今晚你就陪我睡在这里吧！"

　　李云龙警觉起来，不由挪远了距离："那怎么行！""这有什么！出门人嘛，也够无聊的。"说着竟伸手来搂李云龙的脖颈。

　　李云龙惊得赶紧甩开她的手，正色道："我们出门人是为了混一碗饭吃。你这样，不是有意在坑害我么？"

　　阿玛却不理会他这一本正经的样子，仍涎着脸撒起娇来。李云龙将饭碗猛地一推，起身就往外走。走到门口，又回过身来，故作忿忿然地说："在这般光天化日之下，你这么做，不是存心想害我么！"说毕，头也不回地径自走了。

　　李云龙回到柴屋，挑起工具担来到老甄家。老甄正要出门，见他来了，赶紧将他让进屋。李云龙问他，史大海怎么也去姚湾镇了。老甄告诉他，昨天晚上，是史大海主动要求去的，他不便阻拦。

　　李云龙"噢"了一声，陷入了沉思。

　　老甄甚是不解，问他可有什么情况。

　　李云龙把昨夜和今早发生的情况简略地讲了之后，说："老甄，我想在史大海回来之前，还是在你家用饭为好，免得招惹是非。"

　　老甄想了一会，说："那样好，名义上你是我的表侄，你在我家用饭，不会引起猜疑。"

　　等到太阳落山后，李云龙肩挑工具担，步伐轻松地又回到了那间柴屋。当他放下担子,点亮了油灯,不禁呆住了,只见阿玛下穿三角裤,上身赤裸着,仰面躺在小床上。

阿玛见李云龙一副窘态,不由得得意地"咯咯"笑了起来:"你不是嫌我光天化日之下害你吗?现在可不是光天化日,你总该满意了吧?"

李云龙真是哭笑不得,白天只为了给这女人保留一点面子,才那样说的,竟想不到给她借题发挥了。李云龙斟酌着字眼,说:"阿玛,你不觉得这样做,对不起你丈夫吗?"

"哼,你说的那个老不死吗,光知道……"

"阿玛,请你自重一些,快出去,我要休息了。"

阿玛下了床,扭动着身躯,一步步向李云龙靠拢过来,嘴里说着:"这是我的屋,我睡不得么?你睡你的,我睡我的!"边说边朝李云龙走来。眼看就要靠近李云龙了,李云龙慌得一个箭步退到了门外,声色俱厉地说:"你马上给我出去,否则我立刻去告诉我表叔!"

阿玛一听李云龙说出这话,只好乖乖地穿上了衣服,灰溜溜地溜了出去。临走时,她扔下一句话:"你瞧着吧,不识好歹的东西,老娘也不是好惹的,到时有你的好处!"

## 活　　鬼

此后两个晚上,倒也安然无事,但阿玛临末扔下的那句话不能不引起李云龙的警惕,他心理上的防线始终没有松弛下来。

第三天夜晚,当月光完全消失的时候,他又听到一种"窸窸窣窣"的响动,他凝神细听,判断这声音是从棺材内发出的。他赶紧从床上一跃而起,紧握手枪,蹑手蹑脚地走到棺材跟前。这时棺内的响动变大,接着笨重的棺盖开始一点一点往上顶起。

刹那间,棺盖掀起,从棺材里伸出一颗戴着恶鬼面具的头来,只见那人一手推开棺盖,一手握着一把寒光闪闪的匕首。李云龙猛地飞起一脚,踢飞了他手中的匕首,用枪口顶着他的脑袋,压低音量,喝道:"不许动,举起手来!"

那人慢慢地举起手,似有就范的表示,忽然来一个"鲤鱼打挺"跃出棺材,紧接着又来一个"饿虎扑羊"之势朝李云龙猛扑过来。李云龙眼明手快,一个闪身,来人扑了个嘴啃地。李云龙飞速拾起被踢落在地的匕首,在那人的肩胛上不轻不重地戳了一刀,那人"哎呀"一声摔倒在地。

李云龙又低喝一声:"你投降不投降?""我投降,我投降!""那你老实交代,是谁指使你来行刺的?你叫什么名字?我们的政策你知道吧,坦白从宽,抗拒从严,反戈一击还有功呢!"

"我坦白,我坦白。我叫史永昌,是史大海指使我干的。他说你是公安局派来的探子,若不把你干掉,我们这些人都得完蛋。"

李云龙厉声问道:"你们把欧阳伯卿抓到哪儿去了?""我实在不知道。""胡说,有人供出你参与了此事。"

"我承认参与了此事。"史永昌挣扎着坐起来,用右手抓起衬衫的下襟,捂住左肩胛部的伤口,说了起来。

那是十天前的事了。一天晚上,史大海约史永昌去魔尸岭捞点"拦路外快",结果却拉他去了五棵松,史大海说这是"魔尸"的命令。他说魔尸岭上有个皇姑墓,皇姑墓里藏着许多金银财宝,魔尸原本有一把打开皇姑墓的钥匙,但后来给人窃去了,魔尸怀疑钥匙在李乞婆那里,因此以前经常指派史大海去监视她,但最近魔尸说要抓紧把钥匙找到,为了加强监视力量,所以指定史永昌一起去执行这一任务。当他们来到李乞婆的屋后时,见屋里亮着灯,还听到说话声。他俩蹲下细听,只听李乞婆压低了声音在问:"藏钥匙的地方你记清楚了?"又听一男子的声音:"记清楚了,伯娘,你就放心吧!"史大海一听这几句话,赶紧拉着史永昌就向里冲。李乞婆猛然见到他们冲了进来，圆瞪起双眼，指着史大海向那男子叫道："这就是张二秃的女婿，是个大强盗！"说着，拎起一条板凳向史大海猛砸过去。史大海让过凳子，一把揪住李乞婆的衣领，把李乞婆推倒在地。那男子又掀翻了桌子，和他们恶斗一场，但终究不是他们的对手，被擒住了。他们搜了他的全身，从内衣口袋里搜到一份调令，上面写着：兹任命欧阳伯卿同志为凌峰市文物考古研究所副所长。但没搜到钥匙，于是他们押着欧阳伯卿，提起放在床上的皮箱和公文包，走出了屋子。走到屋外，史大海便放火烧了破草棚，来个焚尸灭迹。他们烧了房，将欧阳伯卿押回了七星村。

李云龙趁史永昌叙述事情之际，悄悄打开了装在夜光表内的录音装置，将他的口供全部录了进去。

接着，李云龙追问史永昌说出他们到底把欧阳伯卿押到什么地方去了。史永昌说，押到村西头，史大海就打发他回家了，所以以后的情况确实不知道了。

"怎么，你不能见那个魔尸吗？""是的，我从来也没见过魔尸"。

史永昌还交代说，他们总共有四五个人，全归史大海管，他们谁也没见过那个魔尸。魔尸有指示，都是通过史大海通知他们。

李云龙听到这儿，猛然又想起一个问题，忙问："史大海的女人是个什么人？"

史永昌说："那可是一个可怜的女人，她叫玛莉，本地人都唤她为阿玛。她的亲生父亲叫陈再元，住在四十里外的红石村，以乡间行医度日。1949 年冬，在临近解放时，有一天，史大海告诉我，红石村的陈再元家藏着七根金条，何不趁这兵荒马乱之际将它撸了过来。几个弟兄一听有金条可捞，当即由史大海带着，来到红石村，先杀了陈再元夫妇，然后翻箱倒柜，砸锅摸鬓，但结果连金子的影子也没有见到。就在这时,发现摇篮内躺着一个还在吃奶的小女娃子,同去的一个人要杀死她,史大海拦住说:'慢着,留着将来有用。'他叫我抱了小女孩,走出屋门,又放火烧了陈宅,赶回七星村。这小女孩后来被天主堂的张二秃收为养女,对外只推说是捡来的。"

李云龙听完叙述,觉得史永昌的态度还算老实,口供有一定真实性,于是对他说:"好,不管怎么说,今天你也算立了功。对于这次谈话,不准对任何人泄露一个字!"他边说边点了点手中的五四手枪,"要是泄露了一个字,我这家伙是不容情的。要知道,周围都是我们的人,一切罪犯都逃不出人民的法网。"

史永昌忙说:"我敢对天主发誓,若是泄露了半个字,定遭五雷击顶,不得好死。"说着,当真在胸前划起十字来。

李云龙向他挥了挥手:"时候不早了,为了不引起他们的怀疑,你从大门逃出去,我在后面追。另外,今后我们的联络方法是,你每晚到村西口大榆树的树洞内摸一遍,我有话就写成纸条,塞在树洞内通知你。你若发现什么动静,也照此方法同我联络。"说完,他从工具箱内取出一小纸包,递给史永昌说:"这是特效伤药,凡三小时内受的刀枪之伤,服下后立时会愈合的,你拿回去立即服下吧!"史永昌千恩万谢地接过了伤药。

当史永昌跑出门外百米来远时,李云龙故意在后面大喊大叫起来:"快来人哪,抓强盗呀,快来人哪,抓强盗呀!"尖厉的呼喊声划破了寂静的山谷,显得格外凄厉森人。谁知百多户人家的偌大一个村庄,却无动于衷。过了足有二十分钟光景,大队支书老甄和民兵营长才带了七八个民兵赶来。这时,阿玛也披着衣服,走了过来。

李云龙装出惊恐万状的样子,指手画脚地描绘着方才从棺材里爬出个强盗的可怕情景。还说,亏他懂得点武功,才把他打跑了。

由于这一带经常闹盗闹鬼,所以民兵们都不把这事情看得怎么严重。最后还是老甄说了声:"大家回去睡觉吧,今后要多多提高警惕。"一场风波,就这样烟消云散。

# 魔　尸

第二天晚间,史永昌被史大海叫到天主堂的后墙根下。突然,史大海上前一脚把他踢翻在地,然后用一只脚狠狠地踩在他的胸口上,凶相毕露地追问道:"你老实说,是怎么从他手里逃出来的?"

"大哥,刚才我不是说过了么,此人的武功好,我不是他的对手,他夺了我的匕首,我肩上又挨了他一刀,我就只得仓皇逃了出来。"

"胡说!"史大海像一只恶狼,挥起手中的皮鞭"啪啪啪"如雨点一般落在史永昌身上。史永昌被抽得在地上打着滚,颤抖着,呻吟着。此时,他真有点受不住了。他想承认受了"收买"来避过眼前这顿无情鞭子。但当想到李云龙警告的话语,想到即使现在供出了真实情况,那心狠手毒的史大海,还有那鬼魂般的魔尸,是决不会轻饶一个从公安局手中放出来的叛徒的。想到这里,他咬紧牙根,任凭皮鞭的鞭挞,心里却越发增强对史大海一伙的仇恨。一百下,二百下……史永昌渐渐地只剩下了一口气,但他嘴里还在咕噜着:"大哥,你要打就打死我吧。打死我也是那句话,我没有被他们收买,我是逃出来的。"史大海眼望着奄奄一息的史永昌,正在无计可施之际,突然墙内传来一声干咳。史大海听到这声咳,便将鞭子往腰间一插,恶狠狠地威胁史永昌:"看你这脓包也经不起我这么几下,我限令你三天内将那个假木匠杀死,否则我就摘下你这颗狗头!"

史永昌吃力地爬起身,刚迈出几步,又被史大海叫了回来。

史大海圆瞪双眼:"你挨了一刀,虽说他娘的外面包了这么一件死囚衣,但别人从你的动作,就一点也觉察不出来? 这几天你给我少出门,不要让人看出了破绽!"史永昌连连点头,仓皇而去。

到了第二天上午,李云龙挑着工具担,走过村西口大榆树下,看看四下无人,迅速地从榆树洞内取出了史永昌塞给他的纸条:"他们已怀疑我,限我在三天内杀死你,望火速想出应付办法。"

李云龙将工具担挑进老甄家,向老甄问起有关张二秃的情况。

老甄沉思了一会,说:"这里原来有一个主教,常给山民看病,很得人心。抗战胜利后不久,也就是在四五年的九十月间,教堂里来了足有一个排的国民党兵,他们封锁了教堂,在里边不知捣鼓些什么,一直呆了两个多月才离去,此后,那个主教连同教堂里所有雇佣的人都失踪了。1946 年初,张二秃就来了,说是奉命来担任该区主教的。他的原名叫张老二,因为他那种秃头在本地很少见,所以人们习惯称他张二秃,在任主教时,他待人和气,没什么异常表现。"

"他同史大海在什么时候认识的?""他们之间认识很早。好像张二秃一来,就同刚还俗回乡的史大海来往密切。"

李云龙微微点头,他把工具担放在老甄家,悄悄回到公安局。

隔天晚上,电闪雷鸣,风雨交加,一条黑影在史大海家后走来趟去,看模样是李云龙。接着,在他后面,又出现了一条黑影。李云龙似乎没发觉身后的黑影,只顾朝着一条山溪走去。来到山溪边,他面向山溪停下了。猛然间,半空中炸响了一个震耳欲聋的霹雷,电光像一条条赤练蛇,将整个天空划成无数碎片。就在这电光映红的一刹那,后面那条黑影手握一把短刀,猫着腰,向李云龙的背部猛扎下去。李云龙"啊"一声惨叫倒下了,四周又恢复了一片漆黑。

约摸过了分把钟,后面树丛里又闪出一条黑影,此人正是史大海。他凑近充当刺客的那条黑影,低声问:"永昌,杀死了吗?""死了,你看!"史大海划了根火柴,照了一下,只见一个上身穿白土布圆领衫,下穿蓝哗叽西装裤的男子,正背朝天地扑倒在沟沿上,背部衣衫开了个口子,淌着一大摊黏糊糊的鲜血,从服饰和身材来看,确是李云龙。史大海唯恐李云龙没死,拔出匕首,意欲再给他一刀。史永昌一见迅即以背部挡住了他的视线,讨好地说:"把这个死鬼交给我吧,扔到落鹰涧喂狼去,来个消尸灭迹,岂不是好?"

史大海拍拍史永昌的肩膀,说:"好样的,就那么干吧!魔尸还要给你加官封赏呢?"史永昌一声不吭地背起尸体就走。

就在史永昌背起尸体往落鹰涧的方向走去的时候,隐伏在另一垛树丛中的魔尸缩回了他的秃头。他那狼一般凶残的两眼,目测了方才暗杀的每个细节,他那僵尸般的脸上现出一丝得意的狞笑,然后闪闪忽忽地向天主教堂的方向溜去。

这时,又见另一条黑影盯上了魔尸,这人才是真正的李云龙。

原来史永昌演的是一出假戏,刚才挨刺的并不是李云龙,而是侦察员小金。小金预先作了一番化妆,衣衫的背部故意开了个刀刺模样的口子,在上面倒了些猪血,在这么一个黑幕浓重的雷雨之夜,史永昌要了一下行刺的假动作,纵然是神仙慧眼,也很难辨出真伪。而李云龙这时却正在执行另一个重要任务,他要探明在暗处监视史永昌行动的幕后人。果然不出他所料,这个幕后人终于被李云龙盯上了。抓住这只幕后伸出的魔爪,很可能成为侦破这一大案的突破口,所以李云龙尾随着魔尸紧追不放。

借着忽闪的电光,李云龙的目光猛然触到前面那个秃脑袋,心中不由"咯噔"了一下：果然是张二秃！他悠悠忽忽来到天主教堂前面，回头向四下望了一下，然后转身踏进门槛，顺手关紧了围墙大门。李云龙抬头观察了一下教堂那耸入云端的塔影，琢磨了一下这座教堂的布局，决定迂回到教堂后面下手。他悄然潜到后墙根下，猿猴般的翻过围墙，轻身落下，隐身于一棵银杏树后面，细心地观察四周。只见十步开外，有座一排两间的小屋，内室里灯亮着，显然这是张二秃的卧室。他正想凑到窗前看个究竟，忽然传来一声"沙沙"声响，他慌忙伏在树根下。只见张二秃手提一只饭盒模样的东西，在距他三四步处走了过去，李云龙立即蹑手蹑脚地跟上。

走出有一箭之地，拐过墙脚，只眨眼工夫，张二秃不见了。李云龙感到惊奇，他静候了一会也不见动静。他想：这是一小片开阔地，除了丛生的杂草，既无建筑物也无树木，这老贼到哪里去了呢？他在四周寻觅了一会，也没发现有什么可以隐身的地方。他不免焦躁起来，大步走到开阔地的中央，打算仔细搜索一番，突然觉得脚下的蒿草一松，他暗叫一声不好，迅即往旁边一跃，低头仔细一瞧，原来是一口两丈来深的枯井。他顿时明白，那老贼是下井了。难道井下有他的地下室？他正欲下井，不小心把一块石头弄得落入井内。他稍静片刻，紧了下腰带，摸了一下腰间的手枪，先将两脚伸向井内。就在这刹那间，李云龙被一根打着活扣的粗绳子把两手连同胸脯捆了个结结实实。他挣扎了几下，却动弹不得，扭头一看，不由得一惊："是你?"来者竟是那个放荡的阿玛，只见她冷笑着说："好一个小木匠，你这个共党的探子。今天落到我的手里，有你没我，有我没你！"

李云龙语气严正地说："阿玛，你上大当了，你和张二秃可有血海深仇哩！"

阿玛略一迟疑，"忽"地从怀里抽出一把闪着寒光的短刀，阴冷地说："你这个骗子，倒骗起老娘来了！你听着，明年的今天，就是你的忌日!"说着,拉开架式,操起短刀就朝李云龙的胸口刺来。就在这千钧一发之际,突然一个黑影伸开两条铁臂,从背后一下将她抱住,此人是侦察员小金。阿玛正要张口叫喊,一个布团塞进了她的嘴里,这人是史永昌。史永昌弯身割断了捆缚李云龙的绳索,转身反将阿玛捆绑个结实。李云龙起身说:"下面情况不明,先把她押回去再说!"说完便同小金、史永昌一起押着阿玛,抄小路赶回村里。

## 密　窟

当天晚上,在老甄家里,坐着李云龙、小金和史永昌。老甄则在门外的牛棚里望风。李云龙看了一眼坐在对面竹凳上的阿玛,只见她昂着头,一副傲视一切的架势。

李云龙默视片刻,给小金递了个眼色,小金会意地走过去,给阿玛松了绑。

李云龙站起身,亲自给阿玛倒了杯开水,放在她坐的凳角上,然后,背着双手在室内来回踱着步。过了好一会,李云龙开口说道:"阿玛,不,陈菁,你还年轻,不知内情,我们不怪你。"

阿玛听他这么说,眼神中显出一阵疑惑和迷惘,但霎时又转为冰冷无情。

李云龙态度严肃而又真诚地说:"陈菁,你有杀亲灭族的大仇未报。你们天主教徒也讲'忠孝'两字,可你的父母被杀,你却认贼作父,为虎作伥,你忠在哪里,孝又在哪里?"

听到这里,阿玛的表情再也不平静了,她瞪大了一双惊疑的眼睛,望着脸色严峻的李云龙。

李云龙回到座位上,打开案卷,沉痛地说:"张二秃、史大海就是杀害你父母的仇人。张二秃原名钱鹏飞,早年和你父亲陈再元是中学同学。1940年,他俩高中毕业后报考一所电讯技术学校,待录取入校后才明白这是一所南满日特情报总署办的特务学校。受训两年后,你父亲单独受命来到华南某地。因为你父亲为人正直,不愿充当汉奸屠杀中国人,所以后来终于逃出来隐居于此地的红石村,行医为业,以救世人来弥补过去的罪孽。而钱鹏飞自从充当日特以后,却心甘情愿地为日本鬼子效劳,并在反共反人民的罪恶活动中'屡建奇功',很快被提升为少佐衔谍报组长。1945年8月,日本宣告投降,可其中的死硬分子特务园田却带着钱鹏飞投靠了国民党军统头子李琨。经李琨的一番策划后,杀死了这里的主教,派钱鹏飞化名张老二取而代之,在这里潜伏了下来。

"1949年冬的一天,你父亲和同村好友李二改上姚湾镇茶馆喝茶,不期与这个张二秃邂逅相遇。老同学久别重逢,难免问长问短。张二秃听了你父亲的情况后连连称善,并说他也鄙视那种勾当,故隐居七星村,改行从事神学的研究了。当这一带即将解放时,张二秃把你父亲视为他长期潜伏下来的眼中钉,于是指使他的心腹史大海,谎称你家藏有金条,诱骗几名匪徒一起去你家,杀了你父母,纵火烧了你家,并把摇篮中刚满周岁的你抢了回来。

"张二秃为了把你扶植成忠于他的匪特,在名义上将你收为他的女儿。你的本名叫陈菁,却给你取了个土不土、洋不洋的怪名字:玛莉。为了进一步将你缚在他的手脚上,当你年方十七岁的时候,就强行把你嫁给了比你大十多岁的匪首史大海……"

李云龙说到这里,又从提包中取出一张摄有身着日本军服的两人合影照片,指给陈菁说:"左边这位就是你父亲陈再元,右边那一个当然是张二秃了。"

陈菁呆若木鸡,愣愣地坐在那里。

史永昌开口说:"阿玛,那都是真的,杀你父母的是史大海,那次我也去了。是我把你抱回七星村的,我记得当时我还发现你屁股上长着巴掌大的一块黑记哩……三十年来我一直不敢讲,史大海威吓我们说,'谁要把真情捅了出去,就宰了谁'。"

陈菁听着听着,终于哭出声来,李云龙赶紧制止说:"陈菁,哭不得,哭声会招来是非的。你要记住这一血海深仇,要讨还这笔血债。"

陈菁忍住哭,从牙缝里挤出一句话:"这条毒蛇,我一定要讨还血债!"

李云龙对陈菁说:"你快回去吧,免得引起史大海的怀疑。回去以后,表情上切莫露出丝毫破绽。至于如何将这些匪特一网打尽,今后我们会有具体部署的。"陈菁点点头。

和陈菁谈话后,县公安局会议室里,立即召开研究案情的会议。

根据陈菁所讲,天主堂西北角的那口枯井,是一个地下室入口处,井壁的石板是经伪装的石门,欧阳伯卿就被禁闭在那地下室里。进入地下室要过两道铁门,铁门安装着特殊的密码锁,开锁时向左右旋转的次数和密码只有张二秃一人知道。这老贼唯恐密码被人窃去,就记在脑子里。这地下室早在张二秃来七星村以前就已筑好的,那便是老甄所说的那帮子国民党匪兵所造。这个地下室也够神秘的,据陈菁讲,连她和史大海也从来不让进去。

于是摆在李云龙他们面前的难题,就是能否同欧阳伯卿联系上,这是侦破此案的成败关键。但要与欧阳伯卿取得联系,首先得有人进入地下室。谁能去呢?经周密分析,认为只有陈菁能做到。

因为,李云龙为了让陈菁凭借父女关系进一步讨得张二秃的欢心和信任,以便借此摸清张二秃的行踪,曾向陈菁做了许多工作。近日又适逢张二秃病倒了,陈菁就提出由她来替张二秃煮饭、送饭。张二秃觉得义女难得有这么一份孝心,又落得自己省心，竟顺水将这差使推给了她。可结果发现，张二秃要她送的是两份饭菜，分装在两只饭盒内，而两只饭盒所配的菜肴花色也不一样。据此可以断定，另一份饭菜是给欧阳伯卿用的。李云龙决定利用陈菁送饭之便，写个字条塞进饭菜里，以此同欧阳伯卿取得联系。

考虑到皇姑墓藏宝是非比寻常的秘密，欧阳伯卿不会轻易相信谁写来的字条，所以决定这字条由淑蕙来写。

## 胁　　迫

故事说到这儿，还得先把公安局怎么与欧阳伯卿取得联系放一放，回过头来说说欧阳伯卿的情况。

那天李乞婆被匪徒打死后，欧阳伯卿也被匪徒五花大绑，用黑布蒙上眼睛，一路上被拳打脚踢、连推带拉，越过魔尸岭，来到密林深处。欧阳伯卿心里在捉摸着：这两个匪徒要把我绑架到哪儿去呀？他盘算着应急的办法。猛然，他灵机一动：公安局若发现我失踪，又发现李乞婆被害，一定会立案侦查，我何不在这儿留下点线索呢！于是，他趁匪徒不在意，扭脱了脚上的一只皮鞋，又将胸脯在树干上狠命一擦，扭落了插在胸前的英雄金笔。

欧阳伯卿被拉到一个地方，手被松了绑，被重重地推倒在水泥地上。他扯下黑布，只觉得眼前漆黑一片。他在四周摸索了一遍，发觉三面是水泥墙壁，一侧有二十几级石阶，外面有很厚的铁门锁闭着。他这才意识到，自己被投进了不见天日的地下牢房。

突然，铁门开了，灯亮了，接着一个鬼魂般的人无声无息闪了进来。欧阳伯卿扫了他一眼，只见此人秃脑瓜、三角眼、鹰钩鼻。此人正是张二秃。他一见欧阳伯卿，立即笑容可掬地向他深深作揖道："伯卿兄，久违了，久违了，想不到我们能在这种场合相逢,这大概是天主恩赐的良缘吧!"

伯卿迷惘地望着他:"我不认识你。"张二秃说:"是的,我们虽然素不相识,但我拜读过你青年时代写的一篇关于皇姑墓群的论文。"说着他闪动着三角眼,注视着欧阳伯卿的表情变化。

欧阳伯卿想起来了,当年他在读历史专业时,有一次,从繁杂的史料中偶然发现在我国凌南山区有个"皇姑岭",据该史料称,皇姑岭得名于距今约一千四百年前的陈朝。当时陈朝的皇帝将最宠爱的独生女儿嫁给南蛮苗王为妃,苗王宫内称她为灵妃,后苗王反叛被杀,皇帝因怜悯自己的女儿,便将苗王王宫赐给灵妃为养老之所,灵妃死后,又将苗王的大半财产作为灵妃的陪葬品一起入葬,并苗王原先的嫔妃殉葬了十几个,以慰灵妃在地府的寂寞,因而构成了以皇姑墓室为主体的九坑十八穴,皇姑岭也因此得名。时移境迁,这里却已成了荒山野岭。

欧阳伯卿据此推测,皇姑墓群一定埋藏着价值连城的金银珠宝和珍贵文物,他于是便撰写了一篇论文。这篇论文在该校校刊上刊载以后,居然大大获得了校长园田的赏识,当下就发给一千美元的奖金,并授予他考古学硕士的学位。

新中国成立后,欧阳伯卿一直对开发皇姑岭的事念念不忘。1957年,他曾两次向组织提出过勘查皇姑岭的建议,不料当时他所在单位领导说他捕风捉影,虚谈妄议,干扰运动大方向,不仅未予理睬,还给他扣上了"好大喜功"的帽子。到了"文革"时,更以他曾领受过日本人一千美元贿赂、深受日本人的器重为由,把他定为"日特嫌疑",轮番揪斗以后,被开除公职,在1968年秋,他和妻子抱了刚满月的儿子小峰,在瑞竹镇乡下落了户,开始了整整十年的苦难生活历程。

张二秃见欧阳伯卿一直沉思不语,等得实在不耐烦,就烦躁地叫道:"伯卿兄,怎么样,快把李乞婆给你的那把钥匙交出来吧!"

　　欧阳伯卿一听，终于明白了匪徒绑架他的目的。于是，他决定采取不理不睬、听之任之的办法，以不变应万变。

　　张二秃见欧阳伯卿默不作声，以为他在犹豫，就凑近一步，装出推心置腹的样子说："园田君还一直在念叨你呢，上次他根据你的论文，指令我们找到了皇姑墓群的确切位置，所以这第一功还得记在你的账上哩！假如你现在交出了钥匙，打开了皇姑墓群的大门，那你就是锦上添花了。要是那样的话……园田君还不知要怎样来嘉奖你呢！"张二秃说到这儿，两只三角眼一眨不眨地盯住欧阳伯卿那毫无表示的面孔，又压低了声音道："你交出了钥匙，我们可以把墓内的一半财富给你，还保证将你护送到海外，享尽晚年的荣华富贵……"

　　欧阳伯卿听张二秃说出这番话，依然一声不吭，只是嘴角边露出一丝鄙夷的冷笑。这无声的冷笑，如同鞭子在抽张二秃的秃脑袋，他不由得恼羞成怒，发狠道："你这个不识抬举的东西，不要敬酒不吃吃罚酒！"说着，朝一旁的史大海递眼色。史大海走到欧阳伯卿身边，一抬手就把伯卿掼倒在地，举起鞭子没头没脑地猛抽起来，欧阳伯卿被折磨得死去活来，但他紧咬牙关不开口。因为张二秃视欧阳伯卿为摇钱树，他折磨他是为制服他，而不是要整死他，所以就索性将他关进地下室。

　　张二秃的如意算盘是把欧阳伯卿放在地下室"降温退火"，他相信时间一长，磨去了他的韧性，就不怕他不说出李乞婆告诉他的钥匙所藏的地点。

## 巧　　遇

　　那么欧阳伯卿这位学者，他是怎么和以乞讨为生的李乞婆如此熟悉呢？那还得从欧阳伯卿在瑞竹镇度过的岁月说起。

　　在那十年动乱的岁月里，欧阳伯卿每次上瑞竹镇购买日常用品时,总看到一个老婆婆跪倒在镇中心的大桥上,她那满头白苍苍的银发几乎贴到了地面。欧阳伯卿每次看到这情景,心里就涌起一阵酸楚。当时,他一家三口靠妻子淑蕙当民办教师每月挣得的五十来元钱苦度时光,但当他了解到这是一位无依无靠、以露宿街头讨乞为生的老人时,心中感到凄然,因此每次上街,总是尽自己所能,给她三元、五元的。有一次,他买了两只肉包子,准备带回去让峰儿高兴高兴。但当他走过那老婆婆跟前时,摸摸钱包,钱和粮票都已空空,那老婆婆正伸出双手,颤巍巍地捧起一只破碗期待着施舍时,欧阳伯卿心碎了。他看了看自己的篮里,能吃的就是那两只还冒着热气的肉包子,于是便不假思索地把它放到了她的破碗里。从此,欧阳伯卿同老婆婆在感情上结下了不解之缘。

一个风雪弥漫的夜晚,家家户户已关门睡觉,欧阳伯卿望着屋外漫天大雪,想起了这位卧宿街头的老人,于是他让淑蕙陪着,冒雪赶到镇上,在一家商店的廊檐下,见那老婆婆正蜷曲着身子躺在那儿。他上前一摸,发现她在发着高烧,病得奄奄一息了,他赶忙把她背到公社卫生院。经诊断,原来老人患有肺原性心脏病,因受寒病情发作,生命已危在旦夕,欧阳伯卿便求医生抢救。经十天住院治疗,老人的病情是好转了,但欧阳伯卿家仅剩的六十多元存款也花光了。为了让老人能有休养复原的机会,他干脆把老人接到自己家里,待之如母。就这样,过了约有一年光景,老人见欧阳伯卿家的生活也不宽裕,她不忍心连累他家,便坚持要走。欧阳伯卿见挽留不住,便东拼西凑借了些钱给她。老人临走时,告诉欧阳伯卿说,她家住姚湾镇,当地都称她"李乞婆",她要欧阳伯卿无论如何要抽空看看她。

可是,李乞婆走后,就再也没有听到她的信息。

五棵松的巧遇,真可谓天赐良缘,实在使欧阳伯卿感到喜出望外,一种崇高的母子情感促使他不忍拒绝李乞婆挽留他住一宿的请求。

这天夜晚，欧阳伯卿从皮箱内取出一瓶葡萄酒和一听牛肉罐头，两人边吃边像母子似的攀谈着。欧阳伯卿告诉她，这次调回凌峰市担任考古所副所长，以后还要接她去凌峰一块生活。李乞婆说，自从由瑞竹回到这祖祖辈辈居住的窝棚之后，自觉身体渐渐不行，最近又老病复发，看来将不久于人世了。

欧阳伯卿明知肺原性心脏病是会引起昏迷的，是一种十分凶险的疾患，但他还一股劲地安慰李乞婆。李乞婆又一阵剧烈的咳嗽后，吐出一大口鲜血，欧阳伯卿连忙扶她坐到凳子上。李乞婆接过欧阳伯卿递给她的茶壶，喝了一口茶，突然瞪起双眼说："伯卿，你知道我为什么会落到讨乞这种地步吗？这都是我祖宗作的孽，天给的报应！"欧阳伯卿安慰她说："伯娘，你别那么胡思乱想，哪有什么真的天报应。""哼，你不信，我祖上三代是以强盗为生的，你知道吗？"

欧阳伯卿听了这话，倒真倒抽了口冷气。继而他想：祖上是祖上的事，与她有什么关系，这老婆婆还是个好人嘛！于是又劝慰道："伯娘，你别这样说，还是平心静气地歇息吧！""不！那是真的，是千真万确的！"李乞婆把头凑到欧阳伯卿的耳边，压低了嗓门，神秘地说："今晚我所以要你住下，是要告诉你一件特别重要的秘密。"

这下，欧阳伯卿倒果真怔住了，一双惊疑的眼睛一眨不眨地盯着她。此时，李乞婆的精神反好起来了，她一五一十地细述起这件秘密的来龙去脉。

## 盗　墓

1949 年夏，张二秃纠集了史大海，还有李乞婆的丈夫李福及儿子李阿根等五人，动手开掘皇姑墓群。

魔尸岭的山巅有一片乱冢岗,这乱冢岗被划成东西两片区域。东侧历来是非天主教徒殡葬的地方,如馒头般隆起的坟堆密密麻麻,足有好几百个,整个墓区长满了齐膝深的野艾和狗尾巴草,成了蛇虫百脚的聚居区,所以平时是很少有人上这里来的。

乱冢岗的西侧则是天主教徒入葬的墓地,天主教徒入葬一般是不采用坟堆的,而是在棺椁入土之后,在墓上插一个用花岗石凿成的十字架,十字架的表面还得涂上红漆。但是,由于这些十字架插得东倒西歪的,所以到了晚上,乍一看就活像是一具具站立着的僵尸,煞是森然可怖。

张二秃带着四个人来到非天主教徒公墓的南首,这里有一片乱石堆,四个人就在张二秃指定的位置动起手来。他们晚间偷着干,拂晓还得用石块将掘开的洞口伪装起来,所以进展甚慢。

挖了三个月,掘下已有四丈余深,发现深处都是未经风化的花岗岩,显然是挖的位置错了。于是,张二秃只得重新测定位置,在乱冢岗正东偏北方位往下挖。这次进展较快。但当掘开浮土和岩石,接触到墓道的石门时,听到解放军的隆隆炮声了。

但他们的挖墓始终没有中止,挖到第二年夏天,墓打开了,张二秃不知从哪儿又弄来五六个搞建筑的工匠。在进墓前,张二秃拔出乌亮的二十响,用枪口点点李阿根和史大海的头说:"你们两个老老实实在外面望着风,谁也不准进来。谁要是擅自迈进一步,就叫他吃铁枣儿!"

尔后,张二秃同李福、满天飞三人,带了那帮子工匠走入墓道,回头又垒起石头,堵住了墓道口。安排停当,张二秃和李福、满天飞三人将工匠们逼到墓道的一个角落内,他们三人按亮了手电,进入墓穴深处。

原来所谓九坑十八穴,是由十八具棺椁分别安置在几个墓室内而构成的大型墓群,这九个墓室通过一条曲线形的墓道相互衔接,皇姑墓室是九个墓室中正中的一个,数它的面积最大。

张二秃命李福和满天飞两人将分布在九个墓室内的所有宝器全部集中起来,装了十只铁箱,又将十只铁箱集中到墓道的最深处。

当十只铁箱安置完毕,已是子夜时分了,张二秃三人押着那伙工匠,着手把墓道口的两扇石门改装成机关。

张二秃为装石门机关,可谓煞费了苦心:两扇石门可以自动闭合,石门中央只露出一个极小的孔;这是一种特殊的锁,必须使用与它相配的钥匙才能将门打开;假如用不相配的钥匙戳了锁孔,石门便迅速向两侧移开,霎时飞出两把飞刀,一下把开锁的人刺死,然后飞刀又自动收回,两扇石门也自行闭合。

石门安装就绪,张二秃对大家说:"各位也辛苦了,歇一歇再走吧。"说着从怀里掏出十来小包咖啡,说,"这可是洋货哩,喝了可以消除疲劳提精神。"他用带来的开水先自冲了一杯喝了,随后给每人也冲上一杯,眼看着他们喝下以后,不到片刻,一个个就口吐白沫昏倒在地。

张二秃随手关上了石门,走出墓道时,已是进墓道的第三天傍晚了,只见他脸色特别的阴沉可怕,他命令李阿根和史大海立即用石块将洞口堵死。

李阿根问起他父亲时,张二秃装作沉痛的样子,说:"装完石门在里头歇息时,墓道上方的岩石突然塌方,结果都砸死在里边了。幸亏我的轻功好,跑得快,要不然也……"他一面拭着干涩的眼睛,一面摆出一副长者的口气,抚摸着李阿根的肩膀安慰说:"李福兄虽然不幸升天了,但我做大叔的决不会亏待你的。"

史大海虽不清楚墓内究竟藏了些什么宝贝,但按捺不住地插嘴说:"墓内不管有多少油水,让我们两个弟兄分了点也就算了,何必将墓口封得那么死?"

张二秃以一种识大局的口吻教训道："目前，我们这里已是共产党的天下，你手头上即使有货也卖不出去。你要知道，珠宝店里都伏有公安局的人，凡是出售金银珠宝都得有乡政府一级的证明，否则，你将宝货一放到柜台上，就会立刻被他们逮住，何况你俩又是这一带出了名的惯盗！所以东西暂且封在里边，石门的钥匙我暂为保管，待以后有了机会，我们再出售不迟。到时候，咱几个弟兄少不了都有点好处。"

听了张二秃这一番说教，史大海和李阿根两人将信将疑地盯着张二秃手中那把黑乎乎的快慢机，也只好默不作声了。到了夜深人静时，李阿根和史大海一声不吭地怏怏回去了。

李阿根回家，一骨碌滚到了床上，翻来覆去，不能入睡。他疑心父亲定然为张二秃所害，在墓道口，他恨不得将那老贼一刀结果了，但他见老贼手中握着二十响，他只得将仇恨埋在心里。

李乞婆手擎油灯，缓步走进儿子的屋里，诧异地问："你阿爸呢?"阿根经母亲动问，不由得呜呜哭起来，边哭边将掘墓、藏宝以及父亲被害的前因后果一五一十地告诉了母亲。

李乞婆原是穷人家的独生闺女，长得也有几分姿色，李福勾结史大海等匪徒杀了李乞婆的父母，强行将李乞婆抢来，做了他的压寨夫人。李乞婆做了李福的老婆后，也曾多次规劝李福不要再去干杀人越货的勾当，可李福非但不听规劝，反而将她拳打脚踢一顿。所以，她对李福的感情几乎丧失殆尽。当她听说李福死于贼首之手，不由得仰天叹道："这是天主的报应啊!"说着呜呜咽咽地抽泣起来。她哭的倒不是李福，而是想起父母的惨死和自己一生的遭遇，到头来，自己还落了个"强盗婆"的恶名。她越想越悲，越想越苦，索性呼天抢地地号啕起来。

李阿根虽说也是个小强盗，但对母亲倒是十分孝顺的。这时，他突然停止哭泣，瞪大了眼睛对母亲说："这杀父之仇一定要报!"

李乞婆摇摇头说:"你父亲是自作自受,况且你也不是张二秃这老贼的对手。"她想了想,对儿子说,"我看你还是安分些吧,往后洗手不要再干那勾当了。屋后有一片荒地,我们娘俩把它开垦了,凭自己的劳力过日子,心里也舒坦些。"

"那……皇姑墓那么多宝贝,难道就让老贼独吞了不成?"阿根愤愤地说。

李乞婆默然良久,对阿根说:"这石门的钥匙要能搞到手就好了。"

"我想钥匙暂时还不会转移到其他地方,肯定就在他的卧室里。我要抓紧在这几天,趁老贼外出之机,把他的卧室搜索一遍。"

两天后,适逢张二秃同史大海去邻村搞天主教传教活动,李阿根抓准机会,撬开了教堂铁栅玻璃窗,进入张二秃的卧室,从床下的地窖里发现一只铁盒,打开铁盒,铁盒里就一只由两半合成的黄铜木鱼,木鱼的正面镶嵌着两颗铁铸的眼球。阿根一时打不开木鱼,他估摸这就是张二秃最为小心珍藏的宝贝心肝了,钥匙看来就在里边。他不敢在此久留,拿了铁盒,跳窗溜了回来。

回到家,阿根立即和母亲一起反复琢磨,终于打开木鱼,果然藏了一把奇特的金属钥匙,这一下母子俩真是喜出望外。但李乞婆又立刻忧郁地说:"老贼一旦发觉木鱼被窃,决不会善罢甘休,还是赶快把它藏起来,以免招来飞来横祸。这几天你也不要出门,免生意外。"接着母子俩仍旧将木鱼封在铁盒内锁好,将铁盒藏在离屋后五十步开外的五棵松东首第一棵树下。

张二秃和史大海于当天下午回天主堂,一进卧室,发现窗户被人撬开,张二秃顿时慌了手脚,他急速打开地窖,发现铁盒被窃。这一惊非同小可,但老奸巨猾的张二秃立即镇静了下来。

他细细思索，觉得知道石门钥匙一事的只有两人：一是李阿根，一是史大海。史大海今天始终没有离开过自己，所以窃走钥匙的准是李阿根。

飞来的横祸终于降临了。当晚，就在李阿根上屋外解手之际，他失踪了。三天后，李乞婆在落鹰洞找到了儿子的尸体。

但张二秃并不因此甘休。就在阿根失踪后的第三天晚上，他带了史大海将李乞婆吊在梁上，拳打鞭抽，逼她交出钥匙。李乞婆破口大骂张二秃是披着宗教外衣的强盗，是人面兽心的恶魔，说她死了也要为丈夫和儿子讨还血债。张二秃被骂得一时火起，猛抽几鞭，李乞婆顿时昏了过去。

张二秃转而一想，还得把这老婆子留着，放长线钓大鱼，要不钥匙就没法找了。于是，他命史大海把她从梁上放下，然后同史大海扬长而去。

## 重　托

欧阳伯卿听完叙述，内心激起了层层波澜，不能平静。自从学生时代，他从史料中偶然发现皇姑墓的秘密以来，迄今已有三十余年，在这漫长的日日夜夜和狂风暴雨中，对他来说，"皇姑墓"三个字一直耿耿于怀。

他万万没有想到，今天竟在一个偶然的机遇中找到了它的下落，真是踏破铁鞋无觅处，得来全不费功夫。这笔数目巨大的历史遗产，如能贡献给国家，对充实祖国的文物宝库，将会起到多么大的作用啊！

尽管欧阳伯卿的内心是如此波澜起伏，但他表面还是显得异常平静。他问："你丈夫和儿子没有给你留下一点遗产吗？"

李乞婆两眼含着泪水说："做土匪强盗的，抢来的东西都是汤里来、水里去。他们父子俩给我留下的就是这么一间破草棚，所以不久,我就沦落成孤苦伶仃的乞婆了。"

欧阳伯卿沉思良久,转而提议道:"你可以主动将它献给国家,国家也不会亏待你的。"

"我也多次这么想过。"李乞婆说,"但我有顾虑。你想,我是这一带出名的强盗婆,我若把这笔财富交给国家,国家会怎么看待我呢?恐怕会把我名声搅得更臭。何况这些年,地方上一直把我当作'黑四类',根本就不把我当作人看。最近,听说什么'四人帮'给打倒了,'黑四类'也不提了,但我心里还是怕呢!"

忽然,她压低了嗓门,眼中闪烁着异样的光彩:"这些年,我一直在寻觅一个大好人,一个能受得起这笔财富的大好人。"

欧阳伯卿本能地抬起头,只见李乞婆正目光炯炯地盯着他。她把头凑到欧阳伯卿跟前:"这大好人终于找到了——就是你!你心地诚实善良,能真心实意地怜悯穷苦人,你真是天主的使徒保罗转世。我决定将这一把钥匙交给你。"

"不,不!"欧阳伯卿连连摇手。沉思了片刻,他一板一眼地说:"你若有心要献出这笔财富的话,我倒可以代你献给国家。"

"我早就料到你会这么做的。"李乞婆不禁失声叫好,"你就以你的名义献给国家吧,这也算是替我赎了罪了。我就是死也瞑目了。"

李乞婆说完,从一块地砖下取出一把铜钥匙,拭去外面的泥土,让欧阳伯卿脱下右脚的皮鞋,用菜刀将钥匙深深地嵌进鞋底的深处,然后叫伯卿重又穿上,小声对他说:"这是那铁盒的钥匙,为了防备意外,还是嵌在这里面保险些。"

用过晚饭,夜已深了。李乞婆如释重负,精神显得很好,低声叮咛说:"你一定要小心在意,不是真正代表国家的人,你坚决不要透露一丝一毫。"

"这个,我心里当然有数。"

李乞婆似乎很满意,指了指屋后五棵松的方向,声音有些激动地问:"藏钥匙的地点你记清楚了?"

"记清楚了,伯娘,你就放心吧!"

就在这时,门口闯进了史大海和史永昌这两个匪徒。

# 设　　计

再说陈菁领受公安局命她设法与欧阳伯卿取得联系的秘密任务后,已注意到,点有红点的那只饭盒是专供欧阳伯卿用的。按照往日的惯例,她每次送过饭离开天主堂时,总要向张二秃请示:下顿饭该用什么菜。这天,她又照例问了一遍。

近日来,欧阳伯卿正在犯恶性疟疾,每日高热寒战,并伴有腹泻呕吐。张二秃正为此大伤脑筋,经陈菁一问,心想:还得给这棵摇钱宝树多加些肥料,可不能让他死了。于是,随口应道:"煎一条半斤重的大鲫鱼,多加些佐料,外加两只荷包蛋。"

第二天上午,陈菁趁史大海出工之际将一支约有麦秸秆粗细的塑料管子塞进了煎好的鱼肚内。然后把饭菜盛入饭盒,提进了天主堂。

张二秃看也没看一眼,接过欧阳伯卿的那只饭盒,对陈菁说了声:"你回去吧!"转身就向地下室走去。陈菁偷眼观察了一下,见他确是径直下了那口枯井,才放心地走出了天主堂。

张二秃走下地下室的石级,见欧阳伯卿闭着眼,背靠水泥壁上,面容枯槁,脸无人色。地下室的一角,汪着一摊尿屎和呕吐物。张二秃捂着鼻子,将饭盒放过一边,又从怀里掏出一包奎宁片搁在饭盒上,大声喊道:"喂,开饭啦,还给你留下一包药,服下,你的病就会好的,我还不愿你这棵摇钱树白白地去见阎王呢!"

欧阳伯卿依旧木然地合着眼,不去睬他。

张二秃见他不理不睬,骂了一句脏话,然后怏怏地走了出去。

欧阳伯卿听张二秃走出了地下室，等到听到"咣啷"一声关上了沉重的铁门后，才慢慢地睁开眼睛。这几天，他被疾病折磨得几乎已没有什么食欲可言，但当他看见有煎鲫鱼和荷包蛋时，却多少刺激了唾液的分泌。他想：我应该尽可能多吃些东西，只有延续生命，才能实现李乞婆"完璧归赵"的心愿。

他用筷子戳开鱼肚，突然发现鱼肚里竟藏着一根两寸来长的塑料管子。他好奇地拿起一看，原来管子的一端没有封死，一眼就可以看到塞在里边的纸卷。抽出纸卷，见是巴掌大的一块纸，是淑蕙的亲笔信：

伯卿如晤：

目前，我正协助县公安局在设法营救你，现拟定如下引蛇出洞之计：你自行确定一个合适日期，在这一天，你可向张二秃表示，愿意实告钥匙所藏地点，然后以此为饵食，引蛇倾巢出动。我们将在该地预先设伏，一鼓聚歼匪特。请阅后速将钥匙的确切位置及你所定日期写于此纸反面，照旧塞在吃剩的饭菜内带出。

另，张二秃诡谲多诈，谨防中其圈套。

余勿絮言，紧握你的手。

妻 淑蕙
九月四日

欧阳伯卿阅毕，心"怦怦"地跳个不停，真是又喜又惊。喜的是，在暗无天日的牢笼里，见到了妻子的亲笔信，党在千方百计地寻找和营救自己。惊的是，眼下自己还在敌人的魔掌中，面对的是心毒手狠、狡诈多变的老牌匪特，一旦此计不成，后果不堪设想。

他估计张二秃不久就会来取饭盒。于是赶紧找笔,但哪里弄得到笔呢?他想了想,找来了一根较粗的鱼骨,在右手的食指尖猛扎一下,然后用自己的鲜血,在纸的反面写上:五棵松东一下,八日晚。然后捻成细细的纸,仍旧插入塑料管内,塞进大米饭的深处。

为了不引起张二秃的怀疑,他乘一时兴奋,将两只荷包蛋吃个精光,又将鲫鱼的中段吃了,吃剩的鱼头,鱼尾和鱼骨,乱七八糟地堆在米饭上面,而米饭却一粒也没有动。

傍晚,陈菁送来了晚饭。当她接过中午用的饭盒时,张二秃突然按住道:"慢着!"

陈菁吓了一跳。其实倒不是张二秃对陈菁产生了什么怀疑,他只是想看看中午欧阳伯卿吃了饭没有。他现在特别关心起欧阳伯卿的生活起居来了。

张二秃将饭盒搁在桌上,刚刚打开盖子,突然,蜷伏在桌子一角的一只虎视眈眈的大黑猫,一个箭步蹿上去,叼了个鱼头,跳到地上大口地嚼了起来。

陈菁一见此状,不禁大惊失色,动作也显得有些慌乱起来。

张二秃诧异地问:"怎么啦?"

"我正想带回去喂家猫呢,却给这只瘟猫叼走了,真可惜!"陈菁赶紧掩饰道。

"嗨!"张二秃显得不屑的样子,他粗略地看了下饭盒内的残菜剩饭,递给陈菁说:"看来他很喜欢吃鱼,明天给他煎一条再大一点的鲤鱼!"

陈菁瞟了一眼那只大黑猫,见它已将整个鱼头吞了下去,于是连忙应道:"知道了!"

陈菁拎着饭盒走出天主堂,转过一条河浜,弯进一条竹林夹道的小路上,四顾无人,急速翻开米饭,找到了塑料管,这才算一块石头落地。几分钟后,她把塑料管投进了村西口的榆树洞内。

一天早晨,当张二秃走进地下室送饭时,欧阳伯卿下意识地干咳了一声,赶紧接过饭盒。张二秃看看他的神态表情,似乎不像以往那样冷漠,就立住脚,搭讪道:"怎么样,老伙计,身体好些了吧?"

伯卿点点头,随和地答道:"亏了你给的药,好多了,饭量也增大了许多。"

张二秃见他终于开腔了,心里一喜,立刻凑上前说:"我说老兄啊,你又何苦呢,别死心眼了,要想开些,还是和我们合作干吧!"

欧阳伯卿故意沉默不语,过了好久,才长叹一声,说:"这些天,我也反复想过……谁喜欢受这种罪!唉,我的苦衷,你哪会知道!"

张二秃一听,三角眼顿时瞪得鸡蛋大:"你有什么苦衷,尽管说出来,小弟一定给你妥善处之。"

"你想,我的老婆孩子都在共产党手里,我跟你们跑了,可走了和尚走不了庙,我的老婆孩子将会遭到怎样的下场呢?你知道吗?你替我想过吗?"

"哎呀呀,你呀你,真是个书呆子。只要你愿意跟我们合作,我会绝对保证你的安全,保证你的家小安全。我们保证设法让你全家团聚。"

欧阳伯卿嘴角露出一丝不相信的冷笑:"你有多大能耐,可以保证我和我全家的安全?"

张二秃狡黠地转了一转三角眼,将秃头往前凑凑,说:"我实话对你说吧,我们不是乌合之众。我们有很硬的后台!海外也有我们的坚实基地……"

欧阳伯卿听他这么说,故作惊慌地说:"你的意思是要拉我下水当特务?不,不,我不干!"

"嗨,谁叫你当特务啦,那活计要比当特务油水不知要大多少倍哩!""你是说盗窃走私?""你干吗说得这么难听呀,真是地地道道的书呆子……反正你心中有数就行了。"说完,张二秃瞪着三角眼观察着欧阳伯卿的表情变化,等待他的回答。

双方沉默了好长一会,欧阳伯卿才抬起头,咬了咬下嘴唇,似乎最后下定了决心,说:"好,我同意和你们合作。不过,我们还得讲个条件。""什么条件?""告诉你吧,铁盒的钥匙就在我身上,可眼下我只能给你那把铁盒的钥匙。至于石门钥匙所藏的地点,暂时还不能告诉你。我要亲自拿着钥匙开了石门,看看到底有多少宝贝,这样见到了总数,就该照你上次说的,如数付给我一半。"

张二秃眼珠不停地转动着,嘴里连连说:"可以。"

"还有,"欧阳伯卿沉吟了一下,"你现在就得立个字据,这样,我才信得过你许下的诺言。"

"这好办,好办。"张二秃喜滋滋地立刻转身走出地下室。过了一会,又折回来,将一张纸递给欧阳伯卿:"喏,这是给你的字据!"

欧阳伯卿接过一看,下款用笔签有"凌南地下资源开发公司经理张老二"等字样。他将字据折好揣入怀里,缓缓抬起头:"这样说,你就是张经理罗?"

"岂敢岂敢,从今以后,你就是我们的副经理。"

欧阳伯卿没有吭声。张二秃盯着他又说:"老哥,这下你总可满意了吧?请先把铁盒的钥匙交给我吧!"

欧阳伯卿点点头,从右脚皮鞋底层里抽出了那把金光闪闪的铜钥匙。张二秃接过一看,果然是原来那把,因为上面镌着的"骷髅"图案是确认无疑的标记。他简直得意忘形了,握着欧阳伯卿的手说:"老兄早若如此,又何须受皮肉之苦呢……不过,话又得说回来,不打不成交嘛,哈哈,往后我们就是携手并肩的同事了。"

"那我们什么时候动手呢?"欧阳伯卿有意识地挑逗了一句。

"事不宜迟,就在今晚。"张二秃不假思索地说道。

"我也是这样想的。"欧阳伯卿胸有成竹地说道,"不过,还是多去几个人较为安全些。可将这些人布置在墓外,就我和你两人进入墓内,这样较稳妥。"

"对,对,对!"张二秃一迭声地称好。但他的眼珠又转了几下,心里盘算:石门的钥匙没有到手,就很难保证这家伙不会逃走。于是假惺惺地说道:"暂且还得委屈老兄在地下室呆着,免得被外人看出破绽……这几天,公安局查得可紧哪!"

欧阳伯卿若有所思地点点头:"这个我理解。"

## 出　　洞

这天,张二秃用过早饭,把史永昌叫了起来,递给他一封信,要他到邻省的通川市投寄。他等史永昌走了之后,一个人像着了魔似的在房间里踱来走去,显得异常喜悦兴奋。踱了一会儿又坐到一张已经破旧了的转椅上,闭上眼睛,嘴里胡乱地念着:"生命在我,复活在我,属我的财虽然死了,也必复活。"念着念着,那历史的片断如流水般涌现到他的眼前……

自从一度披着华南大学校长外衣的日特谍报员园田带他投靠了李琨之后,园田在李琨面前着力推荐他的部下钱鹏飞,又把欧阳伯卿的那篇论文作为见面礼献给了李琨。李琨是个财迷,听说藏有那么多的金银财宝,自然是垂涎三尺。他先派一个特务排进驻七星村打前站,做好盗宝前的准备工作。接着,他又收容了当地一批恶棍、地痞、惯盗、土匪之类,结成网络,作为打开皇姑墓穴的御用人手,史大海就是在这个时候参加这个匪特组织的。

一天晚上，李琨把钱鹏飞叫到自己办公室里，正式授予他上校衔凌南特区特派员的委任状。钱鹏飞一下得到这么高级的头衔，自然感恩不尽。

接着，李琨告诉他："凌南一带虽有共党游击活动，但我已给你埋伏下了一支劲旅，环境对你的活动很是合适。你的任务是相机打击游击队活动，而任务的重点是，尽快发掘皇姑岭墓藏，为党国作出贡献。你的公开身份是该教区的主教大人，你的代号叫'魔尸'……"

李琨将任务布置完毕，又取出一件东西："这是从德国进口的红外探测仪，它通过热辐射的原理，能将深度在二十米内的岩层结构显示出来。也就是说，它可以帮助你测出地下是否有坑穴，以及坑穴的形状和大小。"

张二秃潜伏七星村以后，即以游山消遣为名，带上那红外探测仪，东探探、西测测，花了整整三年多的时间，好不容易才在魔尸岭的山里测得了皇姑墓群较为确切的位置。

打从杀了满天飞和李福父子以后，张二秃内心发虚。为了进一步拉拢史大海，索性将才满三岁的养女玛莉作为信物，答应待玛莉长大成人，就给史大海为妻。这样，史大海就成了张的贴身心腹，一切幕前活动都由史大海去主持了。

石门钥匙的丢失，使张二秃大为光火。其次，使他纳闷的是，李琨一直没有什么信息，也不知是死是活。

镇反肃反运动中，不少人被捕入狱了，其中也有史大海，这使他大为震惊。幸亏史大海仅仅供认了历史上的惯盗罪行，并没有供出与他的直接关系，这一点，倒使他对史大海大为感激。

1966年，"红色风暴"刚开始，张二秃也挨了红卫兵几顿棍棒。但不久，大队文革的大权就落入张二秃所操纵的匪徒手里，结果他非但不再挨揪斗，还捞了顶"开明主教"的桂冠而被保护起来。

张二秃想到这里,不禁深为自己十余年的坎坷人生感慨一番,仿佛是绕着皇姑墓,做了一场三十多年的"皇姑梦",似乎周围的一切对他是那样的冷酷和虚幻。他原以为自己是作弄人生的强者,结果却成了受人生作弄的俘虏。

但他忽然又想到,现在钥匙总算有了下落,不久前通过他的地下联络网,又同李琨勾联上了。李早先的行当已经不干了,现在是香港一家古玩公司的经理,专做走私生意,油水大着哩!李琨对张二秃持之以恒的精神作了一番嘉奖的同时,要他火速将宝物发往香港,以供急需。想到这里,张二秃不禁又自我陶醉起来。他想起对欧阳伯卿的信诺,"嘿嘿"干笑了两声,他觉得这个书呆子好捉弄,果然入了他的骗局。张二秃一直将皇姑墓宝藏视为己有的财富,岂容旁人来分赃?他打算一旦石门打开,就将欧阳伯卿处死。

正当他想入非非之际,忽然感到有一种很轻的脚步声渐渐挨近自己,他不由吓得睁开三角眼愕然回顾,原来是陈菁送午饭来了。他面带愠色地斥责道:"阿玛,你干吗走起路来鬼手鬼脚的?"

陈菁莞尔一笑,甜丝丝地解释说:"阿爸,我以为你睡着了,所以不敢把脚步放得太重。"

张二秃不吭气了,他将欧阳伯卿的饭盒先搁在一边,拿起自己的饭盒大口地吃起来。忽然想起了什么,他停止了咀嚼,以一种抚爱的目光盯着陈菁说:"今晚阿爸要带人出去活动活动,你在这里代我看守一下。你是知道的,这里是阿爸的心腹之地,所以要严加防备。自从阿爸把你从凌峰捡来以后,费了好大的心血才将你抚养成人。"说完,从箱内取出一把乌黑的勃朗宁递给陈菁,两眼透出一股杀机:"这把家伙还没开过火,你拿着,晚上我不在时,假如发现有鬼鬼祟祟的,你就毙了他!"

"知道。"陈菁拉长了声腔,若无其事地把枪揣进怀里。

# 落　网

　　再说史永昌拿了张二秃的信根本就没有去通川市，他径直来到县公安局，把信交给了李云龙。

　　李云龙见投邮地点是"澳门沙甸湾皇后大厦302室"，他立即将信件交技侦室处理。一忽儿，技侦室将信文送来报告："投邮地点是我们最近掌握的敌方联络站地址，也正是上次魔尸用过的地址，笔迹也出自同一人之手。但经十多种显影剂试验，均未发现有密写。"

　　公安局长接过信文一看，抬头是"表兄灵甫均鉴"，落款是"愚弟欧阳伯卿谨启"。文字生硬，内容东拉西扯，局长不禁笑了起来："这老狐狸还真能耍这套嫁祸于人的把戏!"他将信笺拿到亮处，翻来覆去地细细观察。忽然，他指着一摊纸面给李云龙看："你瞧，这一片有渍水后发皱的现象，看来问题就出在这里。"

　　李云龙提议道："是否再拿去试一下?"

　　"对!"局长将信件递给小金，坚定地命令道："要想尽办法，务必将其中的密文显示出来。"

　　十分钟后，小金又跑来报告："密文是用带磷质的物质书写的，磷质经X线透视，一下映现出来了。密文在这里。"

　　局长接过一看：

　　　　石门钥匙业已到手，拟定今晚九时出动预备队，将墓内货物全部移到天主堂地下室。务请年内派员前来提货。

　　　　　　　　　　　　　　　　　　　　魔尸顿首　九月八日

　　阅毕，局长命令小金："通知行动队，按预定方案，于今晚八时整，全部进入阵地!"

此刻，乌云吞没了夜空，山风呼啸，林涛怒吼，似万马奔腾，如骇浪拍岸，气氛愈显得紧张悸人。

透过黑色的夜幕，一缕鬼魂般的黑影正向五棵松方向移动，呼啸的风声正好淹没了他们的脚步声。

这些黑影，正是张二秃同他的所谓预备队。为了防备意外，狡诈的张二秃今天破格给每个队员发了手枪。此时，张二秃和史大海正紧步跟着走在最前面的欧阳伯卿，他俩手中的两只黑洞洞的枪口，始终不离地盯着欧阳伯卿那一瘸一拐的身影。

来到五棵松，张二秃把匪徒分别布置在五十步外四个方向处警戒着，然后同史大海、欧阳伯卿来到树下。欧阳伯卿指着东首第一棵树说："就在那下面。"

史大海开始用铁锹挖土，张二秃则手握二十响，盯住欧阳伯卿，迅速地转动着三角眼，警惕地注视着四周。

铁锹不断地发出撞击石块的铿锵声，挖下有三尺余深，露出了铁盒。就在张二秃弯腰捧起铁盒时，突然，四周响起了"哎呀"摔倒的声响。张二秃情知不妙，迅速将铁盒揣进怀里，意欲拔脚逃走。欧阳伯卿猛扑上去，一把死死抱住他那只握枪的手，大呼道："快来抓狗特务呀……"他喊声未落，被史大海冲来一铁锹砸在肩上，欧阳伯卿"哟"惨叫一声，倒下了。史大海刚想转身逃命，一个黑影敏捷地窜到背后，一个"扫堂腿"将他绊倒在地。他刚欲跃起反抗，来人"砰"一枪把他击毙了，此人正是李云龙。

这时又"刷刷刷"赶来几名侦察员，李云龙急切地问道："张二秃那老贼往哪儿逃了？"侦察员答道："向西北方向窜去了。局长正带人追去。"说话间，魔尸岭的西北方向响起了断断续续的枪声。

李云龙命令道："你们去两个人，速将欧阳伯卿送回抢救，剩下的人跟我来！"

魔尸岭的西北侧，是一大片原始密林，当李云龙赶到这儿时，一些武装民警正在密林中拉网般的搜索着。

局长开口说："这里密林盖地，地形复杂，若让老贼从这儿逃掉了，将会贻患不浅。"

史永昌在一边插嘴说："这儿离蛇盘洞不远。蛇盘洞是条长四五里的隧道，国民党曾在里边屯兵数万。这洞歧道很多，有两个出口，一头接青牛岭，一头通玉泉山。老贼很可能进了此洞。"

局长和李云龙交换几句后下达命令，由李云龙带两名战士，由史永昌作向导，速上蛇盘洞，定要将老贼抓获归案。

再说，张二秃果然摸进了蛇盘洞，当他摸进洞口有百步来远时，里边响起了一个女子甜脆的呼唤："是阿爸吗？快来这边。"

张二秃惊异地问道："阿玛，你怎么上这里来了？""我听到枪声，就估计阿爸出了事。我想您一定想到这条道的，所以赶紧来接应您了。"

此时的张二秃已成漏网之鱼、惊弓之鸟，慌乱中也顾不及去问天主堂的情况，急匆匆地跟着陈菁往里摸去。

黑暗中，他们高一脚、低一脚地走得很慢，前面就是"一线天"了。一线天是蛇盘洞最窄的所在，仅能容得一个人过去。

到了这里，陈菁"忽"地转过身子，背靠一线天，把枪口对准了张二秃："张二秃，你的末日到了！"

"阿玛，你怎么拿阿爸开玩笑？"张二秃明知上当，嘴里这样说着，手却举起了枪。

这时，从两侧闪出了两名公安人员，两道强烈的手电光照住了这条毒蛇。陈菁两目圆睁，大喝一声："你这条蛇蝎，杀害了我的父母，又来欺骗我。快放下武器！再动一动，我就打死你！"

张二秃依然手握二十响，瞄着陈菁。但由于手抖动厉害，怎么也瞄不准。就在这千钧一发之际，陈菁手中的枪响了，愤怒的子弹，击中了张二秃的手腕，二十响"啪"地一下落在地上。这时，李云龙他们也已赶到，将张二秃团团围住，这条潜伏了三十余年的毒蛇,终于落入了法网。

原来,侦察员小金在七星村的基干民兵配合下,同陈菁一起,对天主堂进行了全面搜查。他们在张二秃卧室的地窖里,搜出一捆张二秃历年来搜集的情报资料以及和特务头子李琨来往的书信文札,又在暗室的地洞内搜出了长短枪支、子弹、炸药和那台红外探测仪。刚搜查结束,突然听到魔尸岭的西北角响起了枪声,陈菁对当地的地形十分熟悉,她分析张二秃、史大海可能从蛇盘洞逃往远处的深山,所以由她和小金带一名民警,抄近道埋伏在蛇盘洞的一线天处,结果张二秃果然中了陈菁的圈套。

数天后的清晨,连续几日的狂风暴雨收住了,山野恢复了宁静。随着一轮旭日破云而出,异彩夺目的万道霞光普照大地,仿佛给凌南山区换上了节日的盛装。林中的黄莺在啼啭,草丛里的蟋蟀在啁啾,田野上的马达的轰鸣,给这静谧的大自然奏起了一支和谐悦耳的协奏曲。

一辆载着欧阳伯卿全家的北京吉普,从姚湾镇向十八坑的方向欢快地奔驰着。此时欧阳伯卿业已康复,妻子淑蕙和儿子小峰紧紧依偎着他,他不时地以贪婪的目光欣赏着向后掠去的青山绿水。此时,县公安局长的话语在他耳边回荡着:"魔尸岭马上就要恢复原先的老地名——皇姑岭了!"

欧阳伯卿心里默默地祝愿着:皇姑岭,你这个鲜为人知的名字,今天才获得了新生。祝福你啊,在振兴中华的征途上,同祖国的山山水水一起,齐飞猛进吧。

(黄国超)

一个本领超群的人,必须在一群劲敌之前,方才能够显出他的不同凡俗的身手。

# 绿色蔷薇花

## 珍 贵 的 礼 物

解放初期的一天,上海发电厂总工程师陆宗祥五十大寿,宽敞的厅堂里张灯结彩,高朋满座,笑语声声,喜气洋洋,显得格外热闹。

陆宗祥为什么受到人们这样的尊敬呢？这是有原因的。他不仅是一位有名的电业专家,更有一颗爱国之心,一副铮铮铁骨。解放前夕,他拒绝了国民党的威逼利诱,和工人们一块参加了护厂斗争,后来在地下党的领导下,历尽艰辛,终于取得了斗争的胜利,迎来了新中国的艳阳天。

现在正当客人们向陆宗祥频频道贺的时候,驻发电厂军代表代表市府领导登门向陆总工程师祝贺来了。接着,公安局孙其副局长也派通讯员送来了贺礼。两位政府要员的贺词与贺礼,顿使厅堂蓬荜增辉,更使陆宗祥感到脸上增光。这时,贺寿热烈气氛达到了高潮。陆宗祥从通讯员手中接过孙副局长送来的一只精致的红盒子,打开一看,是一幅中堂。他慢慢展开来,只见上面写着四个大字:益寿延年。那笔触苍劲有力,雄健浑厚,恰似龙飞凤舞。满堂宾客顿时齐声称赞:"好书法!"陆宗祥刚挂好中堂,不知谁说了句:"还有一件呢!"陆宗祥这才发现盒子里面还躺着一样用红绸布包着的东西,打开一看,竟是一只银光闪闪的手表。

陆宗祥看着这只手表,心里说:孙副局长呀孙副局长,自从在护厂斗争中与你相识以来,深受你的教诲。今天你送来的亲笔中堂,已使我坐卧不宁,再送手表,你叫我陆宗祥怎么承受得了啊!他激动地把表捧在手里,掂了一掂,呀!怎么这么沉哪?再一看,啊!他惊讶了。怎么呢?只因为陆宗祥平时就有品评手表的爱好,孙副局长今天送来的不是一般手表,而是一只比黄金表还要名贵的稀有的白金表呀!如此珍贵的礼物,陆宗祥觉得受之有愧啊!

陆宗祥感到不安起来,他觉得应该向孙副局长当面表示谢意:您的盛情我心领了,但礼物无论如何不能收。所以等宾客一走,他就直往公安局而去。

陆宗祥来到公安局局长办公室,孙副局长不在,他被市领导找去开会了,一位姓盛的秘书接待了他。

盛秘书四十来岁,瘦削的身材,白皙的皮肤,说话慢条斯理,一副文质彬彬的样子。他听了陆宗祥的叙述,看了看这只白金手表,想了想,说:"陆总工程师,这件事叫我难办啊!表是孙副局长送给你的贺礼,我把它收回,恐怕不妥吧?"陆宗祥想想也有道理,便说:"那好,等孙副局长回来后我再来。"

陆宗祥刚走出办公大楼,就见从大门外驶进来一辆吉普车,车子一停,"噔噔噔"从车上跳下三个人来。为首的一个,三十左右年纪，高个儿，方脸盘，两道浓眉下一双眼睛显得沉着、坚定，走起路来步伐矫健、利索，一股生气勃勃的军人气派。他是谁？公安局侦察科科长关涛。关涛原是市领导麾下一位有丰富战斗经验的年轻指挥员，上海解放以后，是市领导亲自把他留下来，派到公安局任侦察科长的。紧跟在关涛身旁的，是他的两位助手，他们都是二十来岁的小伙子。一个姓蔡名力，长得五大三粗，膀阔腰圆，浑身肌肉鼓着疙瘩，好像永远有使不完的劲；一个姓王名允，中等个儿，体形稍瘦，但显得灵巧精明。

今天，他们三人刚执行任务回来。关涛他们一下车，一眼便看见了站在大楼门口的陆宗祥，连忙走上前去问道："陆总工程师，你怎么来啦？"

关涛曾经去过几次电厂，跟陆宗祥打过交道，他们已经很熟悉了。陆宗祥听到关涛主动叫他，连忙迎了上来，说："关科长，你回来得正好，有件事想劳驾你。"接着便把孙副局长送白金手表的事说了一遍。最后，他掏出手表，交给关涛说："孙副局长的心意我领了，请你一定代我表示谢意。"

关涛听着就感到奇怪，这会儿他接过表来一看，的确是一只非常名贵的白金手表，但是，表壳却是光滑平整的，既无牌名，也无厂名，更不知是哪个国家的产品。更稀罕的是，这只表严丝密缝，连表盖也不知从何处开启。在一旁的蔡力和王允也看呆了。

看着，看着，关涛双眉紧锁，疑窦顿起：这是孙副局长送的吗？会不会有人冒充呢？他把自己的想法告诉了陆宗祥，陆宗祥却以十分肯定的口吻说："没错，是放在孙副局长送来的中堂盒子里的，我亲手从通讯员手里接过来的。"

关涛听说是通讯员送去的，立即吩咐王允去问通讯员。王允回来报告说，中堂确实是通讯员送去的，通讯员从孙副局长处拿了中堂以后，一直没有离手，只是在送去的路上被一个走路人撞了一下，但盒子并没脱手，他也没有到其他地方去过。但盒子里到底有些什么,他没打开过,不知道。

关涛正觉得事情蹊跷,孙副局长打来电话,叫他立即去一下。关涛马上带着陆宗祥,和蔡力、王允一起来到了孙副局长的办公室。

他们走进局长室,只见孙其副局长坐在他的办公桌前。孙副局长四十来岁,也许因为从事过地下工作的缘故,过早地增添了白发,他平时遇事稳重,话语不多。

陆宗祥一见孙副局长,紧走几步,双手紧紧握住对方的手,激动地说:"孙副局长,您的盛情我心领了,可这么贵重的白金手表,我无论如何也承受不了呀!"

孙副局长一怔,但语气还像往常一样平稳地问:"送什么手表?我好像还没那么阔吧!"陆宗祥一听愣了。关涛连忙插上去把事情经过说了一遍,然后把表递了过去。孙副局长看了看,双眉紧锁起来,连连摇头。

是谁送表还要借公安局长的名义?他的目的是什么?关涛的脑海里猛然闪过一个念头:陆宗祥是发电厂的总工程师,发电厂又是上海的眼睛。敌人早就打发电厂的主意了,"二六轰炸"就是以发电厂为重点轰炸目标的。如今,敌人会不会改变手腕,施展更毒辣的招数从暗中破坏呢?想到这里,他向孙副局长建议,把这表送技术科检查一下。孙副局长顿了顿,也点头同意了。

蔡力和王允马上拿了手表去技术科,过了一会,只见两个人神情紧张地回来报告说,经检查,表内装有定时炸弹,爆炸时间是三天后的下午四时正。定时装置外形是一朵极小的绿色蔷薇花。

一听是定时炸弹,陆宗祥惊呆了。孙副局长脸色严峻起来,他愤愤地说:"看起来,敌人的行动倒蛮快的呀!"

原来,这次会上,市领导就一再强调要公安局重点保护发电厂。孙副局长今天就是趁会议休息的空隙,赶回来找关涛研究具体部署的,没想到敌人已经动手了。

接着,他们便分析起这件突然发现的案子来。开始有人感到迷惑不解,这么个小小的炸弹,能有多大威力,能炸毁那么大一个发电厂?但是经过仔细分析认为:如果发电厂内隐藏着敌人,到时候设法把陆工程师引到要害处,敌人的阴谋就可以实现。看法统一后,孙副局长总结说:"敌人既然打上门来,我们只得应战了。我意见:一,这两天陆总先不戴这块表,来个'引蛇出洞'让敌人先急一急,说不定会自动跳出来呢!如果有人向您打听有关表的事,请立即与我们联系。二,立即查清这块手表的来历。这件事由关涛负责。三,看来,这是一个大案,事关保卫上海人民生活和安全。有情况必须立即向我汇报!"

## 手 表 的 来 历

为了查清这块白金手表的来历,第二天一早,关涛和蔡力、王允分头行动。三个人整整奔波了一天,晚上回来一碰头,结果是一无所获。在这么大的上海,要寻找一只手表的主人,真好比大海捞针!这一夜,三个人都没睡好觉。

第三天中午时分,关涛头戴礼帽,鼻梁上架着一副宽边眼镜,西装革履,步履潇洒地穿行在人群熙攘的南京路上。他来到一片门面不太显眼兼营收购的钟表店,刚走到柜台前,店老板就笑容可掬地迎上来。关涛接过老板敬来的香烟,吸了一口,便开门见山地说:"我有个朋友有块手表,因急于要一笔钱用,想把表脱手,开价就要五百万。我看这手表半新不旧的,能值这么多钱吗?一时拿不定主意。你老板是行家,我想请你看看,帮我估估价。"

老板一听面前这位阔客谈吐不凡,想必有些来历,不敢怠慢,忙说:"好说,好说,先生既然信得过小店,本人一定为先生效劳。""那就谢谢你了。"关涛一面说,一面就掏出了白金手表,递了过去。老板接过手表,顿时眼睛一亮,呀!白金手表!光是这表壳上的白金,也不止值五百万哪!不禁脱口赞道:"好表,好表哇!"关涛不露声色地问:"何以见得呢?"

"这……"老板忙收住话头。为什么呢?因为这个老板见这块表太名贵了,有心出六百万把它收进来,也好捞一笔,但后悔自己万不该一时冲口而出,把表说得太好了。你这么一咋呼,对方还肯脱手吗?所以马上转口说:"表倒是好,只是没有厂标,没有牌名,不好估价。如果先生不愿收进的话,本店倒可以破费,付现钞六百万,不知先生意下如何?"

关涛想:呵呵!敲到我头上来啦!便神秘地凑上前去,轻声说:"不瞒老板说,我也是吃这行饭的,我那朋友跟我打了赌,说是如果我能报得出此表的家门,就把这块表送给我。我真被他'将'住了,听说老板你是钟表业的老行家了,所以特意来向你请教的,如果你老板指点一二,增长鄙人的见识,我是不会白白烦劳你的。"老板一听,心想:多一个朋友多一条路,尤其这号人物,不能怠慢。于是忙满脸堆笑,说:"先生,你太客气了!不过,这块表确属罕见,我也说不出它的来历。如果先生要弄清它的来历,我倒可以给你介绍一个人。""谁?""老广东。""老广东?"关涛在钟表同业公会也曾听到过有这个人,不过还不清楚他的下落,如今听老板提起,便问:"他是不是姓马,曾经是个钟表巨商?""对对!此人过去也开过几家钟表店,可惜因生性好赌,把多年挣起来的几爿店输了个精光,落到做起了钟表贩子。但他见多识广,算得上是罕见的钟表专家!只要找到他,包你解决问题。""此人现在何处?""要说他确切去处,这就难了。他终日东游西荡,收货进货,倒卖转手,像只无头苍蝇,没个定准。"老板略一沉思,好像想起了什么,"不过,此人自从在赌场上栽了跟头,倒是洗手不干了,但他还有爱品茶、好饮酒的嗜好,茶楼酒肆少不了他这位座上客,也是他洽谈生意的场所。"

关涛听老板这么一说,心中暗暗着急:难找啊!这么大一个上海,茶楼酒肆成千上百,岂不又要大海捞针吗?时间不允许呀!

老板在一旁看出了关涛焦急的神情,加上他自己也想快一点弄到点好处,便安慰说:"先生不必着急,只要他在上海,就不愁找不着。四马路一带经常有做表生意的,我也帮你打听打听。"

关涛一听,连声道谢说:"好!只要鄙人进财得利,定忘不了老板你的好处。"说完,告辞走了。

为了争取时间,当天下午关涛又和蔡力、王允分头行动,查访了好几个地方,但仍然杳无音讯。怎么办?时间一分一秒地过去,眼见夕阳西照,一天又要过去了。这时,关涛忽然想起钟表店老板说的,那老广东有喝酒品茶的爱好,何不到四马路青莲阁去坐等一会?青莲阁虽不是个十分热闹的茶楼酒肆,但也以小巧雅致而小有名气。

关涛来到青莲阁,挑了一个临窗的座位坐了下来,要了几碟小菜,打了一壶好酒,一边自斟自饮,一边双眼不时地注意着在座的品茶饮酒之客。

关涛坐了好一会,也没看出哪个是老广东,心里不免有些着急,又不好一个一个地去打听,这可怎么办?对!来他个"放钩等鱼来"吧,只要你老广东在,就不愁你不自动亮相。关涛这么一想,就把袖管卷起一道,让手腕上戴着的那块白金手表露出来,就着从窗外斜射进来的阳光,故意把手腕晃了几晃,那亮闪闪的白金手表,好像是一面小镜子,"刷刷刷"把日光反射过去,在茶楼里闪了几闪。这一闪不打紧,对面角落里座位上一个瘦矮个子"噔"两道目光就被吸引了过来。关涛已看在眼里,便不动声色,悠然自得地从盘里拈了几颗油氽花生米,丢进嘴里,津津有味地咀嚼起来。

那瘦矮个子坐不住了,他晃晃悠悠地走了过来,满脸堆笑,操着浓重的广东口音问关涛:"先生可是贵姓刘?"

"不,我姓张。"关涛听其音,心想:莫非此人就是老广东?他怎么开口就问我是不是姓刘呢?看来其中有奥妙。关涛便招呼道:"先生喝酒吗?请坐!你贵姓?"

"嘻嘻!鄙姓马,人称'老广东'。"

"啊!久仰,久仰!"关涛高兴得几乎跳起来。他连忙请老广东入座,大大方方地对茶楼伙计说:"我有客,打壶最好的酒,再添几只好菜来。"老广东忙说:"别客气,别客气!素昧平生,怎好叨扰呢?"关涛说:"哎!都是生意场上人,讲啥客气?一回生二回熟嘛。"老广东几杯好酒一下肚,更来劲儿了,指着关涛手腕上的手表说:"张先生,这表是你自己的吗?""是的。""不不不!"老广东的头摇得像拨浪鼓,用很肯定的语气说,"张先生,真人面前不说假,请不要见怪,据我所知,你绝不是这表真正的主人!""啊?马先生你这不是小看人了吗?"关涛嘴上这么说,心里不由十分佩服老广东的眼力,有心要套他的话,便故意用言语激他。老广东还是笑着说:"不是我瞧不起张先生,因为这块表实在非比一般,在当今世界上是独一无二的,它的主人姓刘。先生你……"老广东没说下去,只是摇了摇头。"马先生真是好眼力,不愧是钟表行家,这块表确实是鄙友刘先生的。"说着,关涛又递过去一支烟,"不过,马先生说这块表是世上独一无二,未免言过其实了吧?"

经关涛这么一捧、一激,老广东话匣子打开了:"一点也没夸大,这事是鄙人亲眼所见!"于是,老广东便滔滔不绝地说出了这块表的来龙去脉。

事情发生在十多年以前。瑞士有一位钟表巨商,一次贩运大批名表漂洋过海,谁知东渡太平洋时遇上了海盗,名表被洗劫一空,他死里逃生,逃到了上海。虽说这位瑞士钟表商原先在上海也结识这儿生意场上的朋友,可是一旦破产,就弄得借贷无门了,他向朋友们借几个盘缠回瑞士,却到处遭到白眼,没奈何,只好流落街头。在走投无路的情况下,他突然想到了曾有过一面之交的刘叶枫,当时他是棉纺行业的大老板,瑞士钟表商抱着最后一线希望,找到刘叶枫,说了自己的遭遇,恳求刘叶枫接济他一些盘费。刘叶枫倒也爽快,当即借给他两百万美钞。瑞士钟表商用这笔钱到南洋、澳洲贩了一批畅销货,辗转欧、亚、非、美四大洲,着实赚了一笔大钱。回到瑞士以后,又苦心经营了几年,陆续买了十家表厂,成了世界上赫赫有名的钟表大王。这位钟表商感激当年刘叶枫的相助之恩,就想出了一个罕见的报效方法,他把手下十个表厂最有名的工程师召了来,经过精心设计,以昂贵的白金作表壳,造了一块无与伦比的金表。开始,他也准备在表上刻上瑞士国名,打上本厂厂标,可一想,牌子再响亮,厂家再有名,也总还有个标价。于是他当即吩咐把制造这块金表的模子全部毁掉,不留国名、厂名,让世界上再也造不出第二块这样的表来,这才是真正的无价之宝。他也只有送这样的表,才能报答刘叶枫的大恩大德。

关涛一听,觉得有趣,说:"真有这么传奇吗?"老广东眉飞色舞地说:"不是吹牛,四五年抗战胜利以后,刘叶枫在一次宴会上曾炫耀过这块手表的来历,鄙人也亲眼看见过。"

关涛离开青莲阁以后,又访到了几位当年参加过刘叶枫宴会的人,并得到了他们的证实:白金手表的确是刘叶枫的。

这就怪了!刘叶枫解放前就离开了上海,一直身居南洋,他的白金手表怎么会出现在上海呢?是不是他去南洋时,早就有意留下来的?既然此表如此珍贵,又是朋友所赠,为什么又要用它来安装定时炸弹呢?又为什么会在孙副局长送的礼物内出现呢？看来,这都是一个个谜啊!

夜里,关涛独坐在灯下,正在思考这一系列问题时,王允走了进来,说:"关科长,据有关部门报告,刘叶枫已于昨天回国来了。"关涛听了这突如其来的消息,不由"啊"的一声"嚯"地站了起来,脑子里立刻闪出一个大问题:刘叶枫这个时候突然回来干什么?

## 奇 怪 的 病 人

正当关涛听到刘叶枫突然回国的消息感到惊奇的时候,办公桌上的电话铃声响了起来,他抓起话筒一听,是南普医院雷院长打来的报案电话。关涛放下电话,心想:呵!这下热闹了,事情全堆到一块儿来了。他不由想起了市领导说的话:"这是另一条战线,仗有得你打的啰!只怕你用分身法也忙不过来哟!"他感到医院这案子来得奇特,必须立即去一趟,于是,当即叫来蔡力、王允:"上车,去医院!"

他们上了吉普车,车子如箭离弦出了公安局的大门,直向南普医院驰去。

那么,医院究竟出了什么案情呢?说起来确也有些奇特。就在这天傍晚约摸五点多钟的时候,有一辆黑色福特牌老式小轿车"呼"地开进了医院,"嘎"一声在门诊大楼前停下来。车门一开,从车上跳下一个架副墨色眼镜、戴一个大号口罩的男子,他环顾了一下四周,迅速从车上背下来一个病人,一转身,"噔噔噔"快步往急诊室奔去。

此时,正是下班的时候,值班医生到食堂打饭去了,门诊大楼显得空荡荡的。只有走廊的另一端,有一个穿米黄色西装的大个子,闪了一下,便不见了。

不一会,从外面一前一后走进来两位身穿白大褂的医生。

前面走的是位三十来岁女大夫,名叫梅秀玉;后面是个男大夫,年纪略大几岁,名叫侯家如。两人都是急诊内科值班医生,刚打了饭回来。梅秀玉走进急诊室,见椅子上有个用毛毯紧裹着的病人斜倚在长靠背椅子上。梅秀玉一手端着饭,一手揭开病人头部的毛毯一看,"呀!"不由得惊叫了一声。走在后面的侯家如听见叫声,急忙走了进来,问:"梅大夫,出什么事了?"

梅秀玉呆在那儿,喘着气说不出话来,只是用手指了指椅子上的病人。侯家如上前一看,只见那病人双目紧闭、脸皮浮肿,脸上呈现出许多绿色的斑块,他也不由"哟"地叫出声来。

这时候,医院的雷院长正巧来到了这里。他见两位大夫惊慌失措的样子,很不满意,以责备的口吻说:"镇静!作为一个医生,难道还能怕病人吗?"梅秀玉和侯家如只好听任雷院长的责备,大气儿也不敢出。

雷院长亲自解开了裹在病人身上的毛毯,对病人进行了检查。病人脉搏微弱,生命处于垂危之中,雷院长便赶紧给病人注射了一剂强心剂,然后,擦了擦额头上的汗珠,询问起病人的情况来。这一问,梅秀玉和侯家如都面面相觑,一时答不上话来。雷院长见他俩默不作声,更生气了,说:"你们刚才都到哪儿去了?"梅秀玉胆怯地低着头,侯家如壮着胆子回答了一声:"我们……到食堂打饭去了。"雷院长对擅离职守的人向来不留情面,他严厉批评说:"就非要同时都离开吗?你们就不考虑会有急诊病人吗?"

此时,病人注射强心针剂以后,似有好转。雷院长问道:"你是什么时候发的病?家在什么地方?"病人只微微睁开双眼。雷院长又问:"你有什么话要说吗?"病人的嘴唇动了几下,却连一个字也吐不出来。过了好一会,只见他的眼睛睁开了两次,继而眼皮又连续眨了四下,接着,又挣扎着从眼眶里挤出两滴眼泪,然后,眼一闭,又昏过去了。雷院长一看,连忙说:"赶紧抢救!

我再去叫几位大夫来协助你们。"

可是，等雷院长和几位大夫赶来时，急诊室里已空无一人。一位护士告诉他："病人死了。""啊！"雷院长一惊，又问："尸体呢？""送太平间了。""谁送去的？""梅大夫和侯大夫亲自送去的。"雷院长愣了一下，问护士："为什么不叫勤杂员送去呢？""这……"护士也说不清楚。

这时，天已经黑下来了，雷院长没再问什么，急忙朝太平间走去。当他来到太平间门口时，不禁惊住了：只见梅秀玉和侯家如两人倒在地上，晕过去了；担架车丢在一旁，尸体不见了。

雷院长把两人叫醒，问："怎么回事？尸体呢？"梅秀玉战战兢兢地说："吓……吓死我了。"雷院长火了："究竟发生了什么事？怎么连尸体也不见了？"侯家如这时好像清醒了一些，断断续续说出了事情的经过。

侯家如说，雷院长走后，病人抢救无效，死了。因正是交接班时，一时找不到勤杂员，没奈何只好自己和梅大夫用担架车把尸体送到太平间。当他们正要开门进去，不提防太平间大门"吱"一声自动开了，从里面"呼"地窜出一条黑影，把他们吓了个肝胆俱裂，以后就什么也不知道了。

雷院长感到事出蹊跷，问题严重。他要梅秀玉和侯家如去休息一会儿，暂时不要离开医院，他立即给公安局打电话报案。

雷院长等在医院门口，把关涛等人迎进了办公室，把事情的前前后后如此这般地作了详细汇报，然后又带他们观察了现场。

关涛感到这确是一桩少见的案件：这个病人是谁送到医院来的？是什么病引起病人全身出现绿色斑块？又是谁劫走了尸体？他们的目的是什么呢？这些问题在关涛脑海里结成了一个个疑团，一时还无法解开。

他猛地想起雷院长曾说到病人似乎有话想说，但苦于说不出来，就只好用表情暗示。如果是这样，那么，病人睁两次眼睛、眨四下眼皮、又挤出两滴眼泪,是什么意思呢? 于是,关涛就和蔡力、王允分析起来。

王允是个爱动脑子的人,他早就在思考这个问题了。如今见关涛把问题提出来了,便说:"关科长,依我看,病人的这几个表情是连贯的,很有可能是表示一个什么数字。睁两次眼睛是否代表'2'? 眨四下眼皮代表'4'……"蔡力一听,马上插话说:"挤两滴眼泪肯定就是'2'了,连起来准是'242'三个数字。"王允摇摇头:"不! 如果挤两滴眼泪也是代表'2'的话,那么他不干脆再睁开两次眼睛算了。同一个数字,为什么要作不同的表示呢? 我看是另有含义。""对!"关涛一边在静听着,一边急速地思考,他很同意王允的分析,"两滴眼泪,是不是代表两个'0'呢?"

这真是一语中的,三个人同时豁然开朗:"对! 是'2400'!"

分析出了数字,但这数字又意味着什么呢? 门牌号码? 汽车牌照? 或者电话号码……总之,2400 可能知道死者的情况;如果他是被害的话,也可能跟这个 2400 有密切关系。于是,关涛便对王允说:"回去以后,马上请房管局、交通局、邮电局协助查清。""是!"

这时候,梅秀玉和侯家如进来了,他俩经过休息,神志已恢复了正常。他们请示雷院长,可不可以回去。关涛简单地问了一些情况,见他们也提供不出更多的东西,只好说:"你们先回去休息吧,以后少不得还要麻烦你们。"两个大夫刚转身走出门口,关涛突然又说了声:"请等一等!"

梅秀玉和侯家如不由一惊,脸"刷"地变得煞白。

## 挂钟上匕首

梅秀玉和侯家如刚出门要走,听到关涛又叫住他们,不由惊得脸色都变了。可关涛似乎并未介意,他转身对蔡力和王允说:

"你们俩送两位大夫回家,路上要注意他们的安全。"接着,又压低声音说:"你们要注意观察,如果发现情况,立即向我报告,我在局里等你们。"蔡力、王允接受了任务,便分头送两位大夫回家。

蔡力送梅秀玉上路了。他这个人有个脾性,平日干重活抢在前面,冲锋陷阵,一马当先,可一见到女人,他的手脚就不知往哪儿放了。此时已是夜深人静,让他送一个女人,这一男一女走在大街上,像啥呢!他越走越感到不自在,只得和梅秀玉拉开几步距离,默默地走了一条街,又转过另一条街。

两人穿过了几条马路,进了一条弄堂里。梅秀玉站在一座石库门房子前,转身对蔡力笑笑,说:"蔡同志,我到了,真谢谢你了。唷,我丈夫还没回家呢,你请到里面坐坐吧。"说着,掏出钥匙,打开了门锁,把门一推,要请蔡力进去。

蔡力一听,心想:你丈夫不在,深更半夜的,要请我进去坐坐,这算个啥话呀!反正我已安全地送你到了门口,尽到责任了。所以,他连忙说:"不,不!我该回去了。"

梅秀玉又说:"那……以后有空常来。"说完,看着蔡力转身走了,便跨进门,"咣当"把门关上了。蔡力见梅秀玉关了门,又折转身走到门前看了看门牌号码,又看到楼上亮起了灯光,他这才放心地往回走了。

再说王允送侯家如大夫来到霞仙路和马齐南路交叉路口时,这儿有一家夜宵小店。侯家如指着店门对面的一幢楼房,说:"小王同志,二楼第三个亮着灯的窗户就是我的家。我今天被这具尸体搞昏了头,连晚饭都没吃,现在还真感到饿了。走,一块进去,随便吃点什么,我请客。"说着,就邀王允同进饮食店去。

王允想:自己是个公安人员,怎么能随便吃别人的东西呢?可又不能站在一旁,看着他吃呀!要不,人家还以为我是来监视他的哩。反正自己的任务是护送他回家的,既然已经到了家门口,这饮食店又还在营业,谅也不会发生什么问题了。他忙说:"谢谢!我回去了。你要多加小心。"

王允见侯家如进了小吃店,刚要转身往回走,但又一想:呀,我还没把他送到家里呢,这时我怎么好离开呢?想到这儿,他连忙走进小吃店,一看,不好!侯家如不见了。他惊得急忙奔到对马路那幢楼的二楼第三个房间,一打听,那儿住的是个小学教员。据那教员说,整个大楼也没有一个姓侯的医生。王允知道上当了,急得直往公安局奔去。

关涛正在办公室里等候蔡力、王允回来,突然听到"噔噔噔"一阵脚步声,只见王允满头大汗冲了进来,不由心里"咯噔"一惊,忙问:"出啥事啦?"王允气喘吁吁地把情况一说,关涛一听,气得一拳砸在桌子上:"果然是条狼!"他的话还没说完,门又被推开了,蔡力慢悠悠地走了进来。关涛听完了蔡力的叙述,连声说:"上当了,全上当了!""上当?"蔡力一听,两眼圆睁,莫名其妙地望着关涛。

关涛说:"我听了雷院长的情况介绍,就预感到侯家如和梅秀玉行动有点反常,特别是他们那样匆匆忙忙把尸体亲自送到太平间去,实在让人生疑,所以我就决定让你俩送他们回家,以便进一步观察。果然,狡猾的侯家如连家门也没让我们沾边就中途逃走了,梅秀玉估计也不会在家里呆着。我们马上去一下,再研究下一步怎么办。"

关涛和王允、蔡力驱车来到梅秀玉家,见楼上还亮着灯光,蔡力不由舒了口气,心想:还好,人还在哩。可是,当他在门外喊了几声屋里没人应时,又有点急了。他把门一推,"吱呀"门没上闩哩。三人走了进去,蔡力又亮着嗓门朝楼上喊了两声:"梅大夫!梅大夫!"又没反应。关涛示意:"上去!"三人便"噔噔噔"上了二楼,一看,人影也没有。啊!原来唱的是空城计呀!蔡力恨得牙关痒痒,忍不住骂起来:"这鬼女人,把我当猴耍啦!"

关涛点燃了一支香烟,猛抽了几口,然后,仔细地打量起这间房子来。

这是一间大约二十个平方米的房间,摆设讲究,有条不紊。中间放着一张西式床,床上被子、床单整齐而干净;床头有一只床头柜,柜上摆了一盆十分精致的小盆景;旁边是一套颇为讲究的沙发;靠墙立着一个多用柜,里面放着一些胭脂水粉之类的女人化妆用品,看来梅秀玉平时是很注意打扮的。所有的家具样式和摆设,都明显地看得出具有浓厚的西洋味儿,很可能这个房子的主人是出过洋、留过学的洋小姐。唯一有中式特点的,就是墙上挂着的一只古老的自鸣钟,与整个房间的陈设相比,显得很不协调。这只自鸣钟配着红木框子,有三尺多高,钟摆却是垂直地停在那儿,纹丝儿不动。

关涛再细看钟面,见紧发条的钥匙眼有些与众不同地凸出在外,活像一只按钮开关。关涛越看越觉得奇怪,他侧过身子,用手指在凸出处轻轻一按,"滴答、滴答"钟摆竟左右摆动起来了。蔡力、王允忙凑上来观看,谁知就在这个时候,忽听"啪"一声,钟面上突然跳出一把匕首,把蔡力、王允吓了一跳。说时迟,那时快,他们赶紧把关涛往旁边一推,几乎是同时"刷刷"亮出了两支手枪。

## 奇特的葬礼

蔡力、王允两支乌黑的手枪对准了墙上挂着的自鸣钟,两双眼睛瞪得溜溜圆,好像挂钟里会跳出个什么妖魔鬼怪来似的,空气煞是紧张。其实倒是一场虚惊,那把匕首从钟里弹出来之后,并没有飞向外面,只是伸出钟面,刀尖上还带着一张纸条。关涛沉着地上前"刷"拔下匕首,拿出纸条一看,上面写着:

关涛:小心你的脑袋!

关涛不禁鄙夷地一阵冷笑,伸手取下匕首和恐吓信,又仔细检查这只自鸣挂钟,只见插匕首的洞孔里,像有一块发出晶莹绿光的金属物。他小心地用钳子把它钳出来,一看,是一朵花的图案,仔细一辨认,呀!又是一朵绿色蔷薇花。

在爆炸发电厂和来历不明的病人这两件看来并无关联的事情上,竟然出现了同一个模样的蔷薇花,这使案情显得复杂化,由此,也提醒关涛应当冷静下来思索了。这时,关涛脑海里出现了一连串问题:刘叶枫突然回国,奇特的病人,梅、侯两人失踪,恐吓信和两朵蔷薇花,这一切是偶然巧合吗?尤其是梅秀玉在家里留下恐吓信和蔷薇花,这太不正常了。难道这是敌人故意把我们的注意力引开,以利他们去炸发电厂?关涛想到这儿,马上给陆宗祥打电话,可是得到的回答又使他大失所望:似乎敌人已知道了我方的意图,陆宗祥按照"引蛇出洞"的计划,头两天不戴白金表,到第三天才戴上,可是这么做了之后,一点也没起作用。这下,关涛隐隐感到敌人好像是在摆"八卦阵",有意迷惑我们。

下一步该怎么办?关涛和两个助手经过分析,决定循着白金手表这条线继续追查下去,还是先盯住表的主人刘叶枫不放。

正当关涛准备登门去访刘叶枫时,王允拿了当天刚出版的《新闻日报》匆匆进来:"关科长,你看看这个。"关涛接过报纸,只见头版下方登了一条显眼的讣告,上面写着:

刘公叶枫先生之夫人张氏秀兰,不幸因病于去年八月仙逝。现定于本月十五日于姑苏举行葬礼,以示追悼。届时,敬请诸亲好友莅临参加吊唁。

谨此讣闻　　　　　　　　　　　　　　刘府账房敬启

关涛不禁哑然失笑："好个刘叶枫,在演啥戏呀! 不管他,去苏州看看他葫芦里到底卖的啥个药。"

于是,关涛他们去市工商联和妇联,了解了刘叶枫的情况,做好了去苏州的准备。他们在取得工商联负责人的支持下,决定以工商联的名义到苏州去吊唁,来他个人虎穴、探真情。

关涛的这个计划,因事关党的统战政策,便向孙副局长作了汇报,孙副局长原则上同意这一方案,为慎重起见,又特地请示了市领导。市领导指示:一,对敌人绝不能心慈手软,要有狠劲,千万不要学那个东郭先生;二,不要把自己的同志、朋友也当成敌人,弄得草木皆兵。要他们严格按照这两条办事。

关涛领了指示,带着蔡力、王允登上火车,来到苏州。

关涛一行三人,先与苏州市公安局取得了联系。据苏州市公安局的同志说,刘叶枫偕同小老婆王素君从上海带了不少东西,到了苏州以后,就为举行葬礼奔忙。他俩亲自到凤凰山选购墓穴,买下了一块三穴墓地,左边一穴是用来安葬张秀兰的,右边空下的两穴,是留着为他们自己百年后准备的。表面看来,他们对张秀兰确是一片真心,但联系到刘叶枫与妻子平时那种淡漠感情,使人感到这样大肆张扬,似乎做得有点过头,显得虚假。尤其是王素君,本来跟张秀兰颇多矛盾,如今,怎么变得那样自觉自愿,那样诚笃地为张秀兰的葬礼张罗奔波呢?

几个人越分析就越觉得刘叶枫如此隆重地为妻子举行葬礼,其中似另有文章。关涛和苏州市公安局的同志一块儿商量、研究了如何进入刘公馆暗查的计划,必要时请他们给予配合和协助。

下午,关涛和蔡力、王允来到了刘公馆。只见门前挂着黑球,门上贴有白色挽联,屋内烧着纸钱,烟雾腾腾。大门口显得异常森严,四个彪形大汉好似庙里的金刚,分立两侧,凡进去的人,都要持有刘府发出的帖子,经过大汉过目,才能放行。关涛迈步走上前去，递上了一张名片。一大汉接过一看，哟！上海市工商界联合会的名片，这可怠慢不得，说了一声："请三位稍待。"就赶紧跑进去禀告。不一会，就见一个女人从里面走了出来。这女人约三十多岁，头上黑发披肩，身穿黑色旗袍，左胸别着一朵白色小花，虽然淡妆素抹，但一双乌黑的眼睛仍然十分动人，她就是刘叶枫的小老婆王素君。王素君出得门来，彬彬有礼地说："关先生远道光临，实在不敢当。叶枫在内室恭候，特派我来迎接。关先生您请！"

关涛三人跨进大门，到了灵堂，那四个大汉在外同声喊叫："上海市工商界联合会关先生等人到！举哀——"

一声"举哀"，灵堂的几个和尚随即敲响了法器，念起了经文。王素君站在灵柩旁边，低下头，掏出手绢儿擦起了眼睛。关涛趁默哀的机会，暗暗把灵堂打量了一下。只见中间用八张八仙桌拼成供桌，软缎子的桌帷拖到了地面；桌前有一对白蜡烛闪着白光，香炉中缕缕香烟缭绕；桌上堆着各色供品；花圈、挽联布满灵堂；供桌两侧，坐着十六个身披袈裟的和尚；在供桌后面，用两张长凳搁了一口嵌着张秀兰遗像的灵柩，上面盖着蓝缎子材罩，一直拖到地面，两边挂着一排排黑绒幔子和祭帐，把灵柩后边遮了个严严实实。这一切，给人的感觉是肃穆、阔气、隆重，从这场面上，谁也看不出有什么破绽。

正当灵堂上鼓钹齐鸣、经声朗朗的时候，突然，"呜——呜——"一阵阵尖厉的警报声响了起来。

这是怎么回事呢？原来当时正是上海"二六轰炸"后不久，敌机还不时前来骚扰。也是无巧不成书，正好在这个时候，警报响了起来，这倒帮了关涛他们的大忙：人们一听这催命的空袭警报的鸣叫声，惊得慌了手脚，灵堂里顿时乱成了一锅粥，那十六个和尚丢了法器，乱跑乱窜逃命去了，那四个守门的彪形大汉，也跑得无影无踪。关涛见机会难得，便撩起黑幔，准备先看一看棺材后面还有什么。谁知他刚刚举手把黑幔撩起来，就见王素君从黑幔后面闪身出来，对关涛说："关先生，还是到内室避一避吧，这儿不安全，叶枫也在那儿等您。"

关涛万万没有想到，王素君会守在灵柩边，这倒使他一怔：这倒是个厉害角色，要认真对付呢！他连忙随机应变地说："好！我正要去见刘先生哩。请！"便跟着王素君走进内室。

再说蔡力、王允听到警报一响，看到灵堂一乱，他俩"刷刷"就钻进了供桌底下，想趁机看看桌帷下面的情况。他俩从供桌下面匍匐前进，很快到了棺材下面。蔡力正想探出身子来看看这口棺材，忽听"嗒嗒嗒"一阵脚步响，他从材罩下面望去，看见一双女人的脚，再侧过脸仰望一下，啊！惊得他差点叫出声来。

## 棺材里秘密

这时候，王允也看清楚了，走过来的这个妇人，原来是在上海突然失踪的梅秀玉大夫。两人一见梅秀玉在这儿突然出现，都感到十分惊奇。蔡力一看到这女人，顿时无名怒火直冲脑门，就想蹿出来抓她，王允赶紧把他按住，示意他不要轻举妄动。蔡力这才强忍着，和王允暗中监视着，看她究竟要干些什么。

只见梅秀玉手里提了一个气包包，走到棺材边，只见她"喀嚓"一声卸下了棺材横头的后盖板，伸手从棺材里面拿出一个瘪了的气包包，再把手中的气包包放进棺材里，用手按了一下，上好横板，然后折转身子走了。

蔡力和王允见了，更加惊奇了：咦？棺材怎么能活动呢？她调换气包包干什么啊？看来棺材里面一定有名堂。他俩交换了一下眼色，正想怎样才能揭开这口棺材里的秘密时，"呜——"空袭解除警报拉响了，这下不好再呆在这儿了，怎么办？蔡力腿早跪麻了，躬起腰就要跟王允调换一下位置，谁知身子一挪动，不提防一只脚就伸到了材罩外面。这一伸,坏事了。

因为空袭警报一解除,十六个和尚全部忙不迭地回到灵堂来了。内中有一个小和尚,双手合十,无意间一低头,"呀!"棺材下面怎么伸出一只脚来啦?他吓得用肘弯碰了碰身边的另一个小和尚,那个小和尚一看,那只脚缩了回去,接着又伸出一只脚,吓得他连声喊叫:"有鬼!有鬼!"

这一喊,糟了!灵堂顿时又乱了套。蔡力和王允一看不好,怎么办?事到如今,是箭在弦上不得不发了。干脆,一不做、二不休,只见两人一躬腰,用尽平生之力,"嗨"一声大喊,"哗啦、扑通"把棺材掀翻在地上。没料到,从棺材里竟滚出一个半死不活的男青年。

灵堂一乱,惊动了内室的人,刘叶枫走在前面,后面紧跟着王素君和关涛,急速奔了出来。

这刘叶枫已年近六十,头微秃,肥头大耳,身穿西装,挺个大肚子,很有点大资本家的气派。他一见灵堂闹成了这个样子,很是生气。可是,当他一眼看见翻在地下的尸体时,他感到又惊又奇:怎么棺材里不是自己的妻子,竟是一个男子,再一细看,呀!这男子怎么是自己的儿子!他惊叫一声,猛扑上去,哭叫着:"啊!邺汝儿呀!你……你怎么躺在这里呀?呜呜——"

关涛细细一看,见那男子皮肤上呈现出多处绿色的斑块,双目紧闭,牙关咬紧。啊?他立即想到南普医院那具突然失踪的呈绿色斑块的病人,但他怎么又会从上海来到了苏州呢?更奇怪的是,死者鼻孔里竟插着一根细细的橡皮管,地上还有一个气包包。关涛一看就知道这是一个氧气包。真怪呀!这时候,蔡力、王允已混进了人群中。王允机警地走近关涛身边,贴着他的耳朵,把刚才发现梅秀玉的事告诉了他。关涛听了不由一怔,他感到事情的变化又大大出乎意料之外,便立即轻声说:"你马上和蔡力把这个病人送医院抢救!"

关涛说完,连忙扶起了悲恸欲绝的刘叶枫,说:"刘先生,不要过于悲伤,保重身子要紧。"顿了一下,又说,"令郎可能还会有救,我们到里面去谈吧。"

刘叶枫在关涛的扶持下进了里屋,躺倒在沙发上,关涛问道:"刘先生,令郎不是在南洋吗,怎么会出现在棺材里呀?"

刘叶枫强忍悲痛,说:"关先生,一言难尽呀!"

原来,刘叶枫虽然身居国外,可时时不忘他苦心经营了几十年的上海家产。去年张秀兰病故,他因吃不准共产党的政策,不敢贸然归来。今年,他又接到政府邀他回国处理财产的电报,才渐渐消除了顾虑,打算回国,可是,却遭到他的小老婆王素君的极力反对。

刘叶枫有个儿子,名叫刘邺汝,二十多岁,血气方刚。他很讨厌他那年轻的后母。他主张回国,一来想到苏州给生母张秀兰入土建墓,以尽人子孝道;二来要到上海来继承父亲的产业,干一番事业。因此,他向父亲提出让他一个人回国。刘叶枫想想也好,就瞒着王素君,把自己在上海办的几家棉纺厂的账簿交给了儿子,并拿出一串钥匙,叫他到保险柜里拿一些钱带去,以备急用。

刘邺汝打开保险柜,从柜子里取出一叠钞票,猛地发现柜子的最里层还摆着一个极为精致的金属小匣子,他好奇地拿了出来,问父亲:"爹,匣子里装的是什么?"刘叶枫赶紧说:"这是你后母的,别动它,赶紧放回去。"刘邺汝想:好哇!背着我们积私蓄啊!父亲不敢动,我偏要看看是啥东西。他就背着父亲把匣子撬了开来,一看,是一本绿色的小本本,上面记的全是些数目字。他想:原来她在记私账呀。好吧,我叫你记不成!刘邺汝怀着一种报复的心理,把那个绿色小本本暗暗塞进了口袋,趁着王素君不在家,告别了父亲,回上海来了。

等到这天傍晚,王素君回来时,不见了刘邺汝,便问:"邺汝呢?"刘叶枫觉得也难长久隐瞒,只好如实相告。

王素君一惊:"什么,他一个人走啦,哎呀,你怎么不和我商量一下呢? 你就这么一个宝贝儿子,真放心得了哟?"她边说边取下头上的首饰,打开柜门,准备放进匣子里去,不料,一取出匣子,发现那个绿色小本子不见了。她赶忙问刘叶枫:"我那小匣子谁动过了? 里面少了东西啦!"刘叶枫说:"刚才邺汝曾动过,我叫他放回去了。你的东西不会丢的,你再好好找找吧。"

王素君一听,更急了,手忙脚乱地把柜子里里外外翻了个遍,哪里有绿色小本子的影子啊!

这一夜,王素君翻来覆去睡不着,刘叶枫就好言好语地安慰她说,别为那东西丢失不安了。哪晓得王素君却一个劲地抹眼泪,说:"唉! 那是一个记着几个小姐妹通讯地址的小本子,谁还去想它。我是因邺汝回国,勾起了伤心事。秀兰姐姐去世时,我们没能看上她一眼,也没给她烧烧纸钱,我们好歹也姐妹一场,想想总感到心里隐隐作痛。邺汝倒能尽孝,回国去了,只是我们还远隔天涯,有心也不能尽力,既然邺汝都回国去了,我想我们是不是也一块回去? 邺汝一个人走了,也真叫人不放心,你看怎么样呢?"

王素君一席话,说得入情入理,感人至深,刘叶枫也听得激动起来。他本来就想回国,只因王素君的反对,才没动身,如今见王素君自己提出来了,也就一口答应,随后便转道飞来上海。

刘叶枫来到上海没有找到儿子,心里不免有些着急。王素君就劝慰他不用担心,并提出要刘叶枫在报上发讣告,为张秀兰隆重举行葬礼。刘叶枫因不见了儿子,心绪不好,又因年岁较大,精力不够,因此从上海到苏州一应事项,全交由王素君去张罗安排。但是刘叶枫万万没有想到,睡在棺材里的竟不是自己的前妻,而是日夜思念的儿子!

关涛听了刘叶枫的叙述,断定刘叶枫是个被人蒙在鼓里的受害者,但他又想:那个小匣子里究竟放了什么东西?为什么王素君发现它遗失了会那样着急,并且一反常态,紧跟着回到了上海?葬礼是她一手安排的,这移花接木的事也一定和她有关。她到底是个什么角色呢?

这时,关涛又问刘叶枫,知道不知道有个梅秀玉,刘叶枫茫然不知。关涛又从袋里掏出白金手表,递到刘叶枫面前,问:"刘先生,这只表是你的吗?"刘叶枫接过一看,惊得过了好一阵才嗫嚅着说:"是……是我的,它放在南洋那保险柜里的,怎、怎么到了你的手里?""这表谁能拿到?""平时保险柜的钥匙是我和素君掌握的,只有我和素君能拿到。"

现在,一切矛盾都集中在王素君的身上,关涛立即确定这是个十分可疑的女人。但他突然感到有好大一会没看到王素君了,便问刘叶枫:"尊夫人呢?"刘叶枫一听,也猛然醒悟过来,他生气地说:"这些事都是她一手经办的,不知她搞的啥鬼名堂!来人,快,快去把太太请来。"一会儿仆人回来告诉说:"太太不见了!"

## 偶 然 的 巧 遇

王素君究竟是个什么样的人?她现在又到哪儿去了呢?这里还得在此作一番交待。

说起王素君,别看她是一副贵太太的气派,其实倒是个举足轻重的人物。她,就是蔷薇花特务组织的联络员。这个组织受台湾总部直接指挥,旨在对大陆进行破坏活动。他们就是通过王素君跟隐藏在大陆的一个代号叫"2号"的头目联络。两个月前,王素君奉总部之命,把刘叶枫的白金手表偷出来转给了上海的2号。接着,2号让她把在上海的蔷薇花特务人员名单转报总部。王素君收到后,用密码把名单打印在一个绿色的小本子上,准备等台湾的人来时带去,不料,却被刘邺汝误认为是账本,给带回大陆了。这一下,简直要了王素君的命啊!要是这份名单落到共产党手里,那蔷薇花在上海的组织不全完啦?王素君可真是急红了眼。于是,她一方面一反常态促使并跟着刘叶枫飞到上海,一方面急电在上海的"5号",要他们不惜一切代价,拦截刘邺汝。这一切,刘叶枫全蒙在鼓里,刘邺汝也压根儿不知道。当刘邺汝刚一来到上海,就被一辆车子接走了。起初刘邺汝还挺高兴哩,以为是有关部门派人来接他的,直到被关进一间阴暗潮湿的小房子里时,他才知道上当了。

王素君赶到上海以后,曾瞒着刘叶枫,单独会见了刘邺汝,逼他交出绿色小本子。气盛好强的刘邺汝一心认定王素君记的是私账,王素君越是逼得凶,他就越发不肯交出来。王素君便恶狠狠地说:"你现在硬,到时候我们有办法叫你自动交出来。"接着,便吩咐她的同伙:"把他带到2400那儿去,让2400来收拾他!"刘邺汝一听2400,这是啥东西?他正感到疑惑时,突然,"呼啦啦"闯进几个大汉,把他连推带拽押到一个房间里,按得他几乎喘不过气来。其中一个拿出了一瓶绿色的药水,据说这是国外特务机关研究发明的,叫"长效麻醉诚实剂"。打了这种药水,一可以使人长期处于昏迷状态而不断气,二可以讲出自己记忆中最诚实的话来。这些人七手八脚给刘邺汝打了绿色药水,谁知刘邺汝拼命挣扎,那个打针的特务一时没掌握好,结果过量了。顿时,刘邺汝浑身起了绿色斑块,只有出气,没有进气了,哪里说得出话来!

王素君可傻眼了,她急忙派5号把刘邺汝送到医院去,指示她的同党梅秀玉、侯家如设法抢救。不料,因为送信人途中耽搁,梅、侯两人还没接到指令,病人已送到医院了。梅、侯两人毫无思想准备,一见病人身上的绿色斑块,知是他们的同党所为,不由吃了一惊,又未料到雷院长突然进来,更使他俩发慌了。在

5号的示意下，他俩趁雷院长离开之际，送走了病人，又制造各种假象，甩掉了蔡力、王允，并且根据王素君的临时决定，在梅秀玉家中故意暴露身份，妄图把公安人员的视线引到已经逃得无影无踪的他们两个人身上，以赢得时间。

同时，王素君已经感到再在上海待下去不安全了，便巧言哄骗刘叶枫登报，把给张秀兰举行葬礼的事张扬开，她就趁机招摇过市，让手下的特务以办丧事为名，公开进出刘府，用移花接木手法调换了尸体。她的如意算盘是先把刘邺汝假意安葬到人迹稀少的凤凰山上，然后让梅秀玉暗中抢救，以便索回绿色小本。王素君自以为她这一手算计十分周详缜密，却万万没算到被突然登门吊唁的三个上海来客给当堂揭穿了棺材里的秘密。

当王素君一见刘邺汝从棺材里滚翻在地，知道一切完了，三十六计，走为上计，便趁着没人注意的时候，出了刘公馆，好似丧家之犬，当天就逃到了上海。

王素君害怕呀！刘邺汝已落到了共产党的手里，一旦被抢救过来，交出了绿色小本，上海蔷薇花组织的人员就要全部落网。这下，不但共产党不会放过我这个重要人物，我的主子2号也不会饶过我的呀！王素君逃到上海，不敢去找她的同党，也不敢去跟她的主子2号联络，她吓得白天都不敢露面，只有到了夜里才敢出来。唉！如今刘叶枫这块挡箭牌丢了，到何处去安身呢？王素君现在只求躲藏起来，逃得一条性命，就算是万幸了。

王素君丧魂落魄地在昏暗的马路上毫无目的地走着，不知不觉走进了一条小弄堂。忽然，她想起她在南洋结交的情人就住在附近。此人叫邢俊友，是南洋一个经营橡胶园的华侨的少爷，自幼放荡不羁，无所事事，却长得一表人才。王素君在南洋时和他过往密切，她除了对他贪图钱财这点不中意外，其他都较满意，因而她曾提出要他参加特务组织。邢俊友一听连连摇头，声言他平素只图有钱，快活，别的一概不感兴趣。以后，邢俊友回国了，两人也就断了音讯。这时，走投无路的王素君猛然想起了他，心想：只要邢俊友不忘旧情，我就拿他做个门神，遮风挡险，先寻个存身之地，然后再谋出路。她主意一定，便走到邢俊友家，谁知叩了好一会，却没人开门，王素君心冷了，又陷入绝望中。

夜深人静，王素君神情恍惚，有气无力地走着，突然，传来一阵靡靡之音，她抬头一看，啊，是一家舞厅。王素君正愁没去处，便迈步走了进去。

王素君找了个空座位刚刚坐下，就发现有一个年轻男子两眼盯着自己。王素君先是一惊，再定睛一看，惊喜得几乎跳了起来，啊，那不正是自己要找的邢俊友吗！她立即走了过去，喊了声："俊友！不认识我啦？"邢俊友没想到王素君会突然出现在自己面前，马上迎了过来，高兴地握着王素君的双手。

邢俊友望着王素君，急切地问道："素君，你怎么到上海来啦？"王素君嫣然一笑："看看你呀！怎么，不欢迎吗？""欢迎！欢迎！"邢俊友连忙拉着她的手说，"走，咱俩到外面好好聊聊！"

两人走出舞厅，边走边谈，一会便走进大中国旅社，开了一个房间。王素君心里不禁暗暗庆幸：真是天无绝人之路啊！

谈了一会，邢俊友洗澡去了。王素君也准备洗个澡，清清神。可是，当她取下耳环、项链等放到床上时，无意中抬头望了一下窗户，这一望不打紧，立时吓了个三魂出窍、六魄离身：一个大个子站在窗外，正朝她发出阴森森的冷笑。

## 遗弃的皮箱

王素君抬头看见站在窗外、正朝她发出冷笑的大个子，穿了一身米黄色西服。呀！是5号，顿时惊得像触了电似的弹了起来。她想掏枪，可在苏州走得仓皇，没带枪；她想逃，但料到已无路可逃。她只得呆呆地站在那儿,任凭摆布了。

5号走进房里,冷冷地说:"跟我走吧!"王素君胡乱地抓起卸在床上的首饰,乖乖地跟着5号上了三楼,被带进了302号房间,5号随手把门关上。

房间里陈设简单,昏暗的灯光下,显得十分阴森。王素君隐约看见里面坐着一个人,只见5号说:"你不是要找2号吗?喏,这位就是。""2号?"王素君顿时一阵紧张,她知道自己完了。2号是自己的上司,一般是不轻易露面的,如今竟亲自出马了,自己还有命吗?

这时,只听一个低沉而凶狠的声音响了起来:"你这个祸精,尽给我闯祸,把我的计划全打乱了!"王素君虽未见过2号,但他心狠手辣,却早有所闻,今天自己落到这凶神手里,知道是九死一生了,两条腿不由像筛糠似的抖了起来。

2号又问了:"没有上峰的指令,你擅自来到上海,究竟是什么用意?不准说谎!你知道,蔷薇花是带刺的!"事情看来隐瞒不住了,王素君只好把她遗失组织名单,追到上海,以及以后发生的事如实说了。

听说组织名单遗失了,2号急得像热锅上的蚂蚁团团转,他咬牙切齿地说:"我们的事全坏在你这个臭女人手里!你……你这个成事不足、败事有余的妖精!"王素君自知犯了大错,只求2号宽恕。可2号却冷笑一声,挥手做个动作,影子一闪就不见了。

再说邢俊友无意间见到王素君,重叙旧情,好不开心。他想:要真像王素君说的那样,我明天就把她带回家去,然后双双飞往南洋,安安生生过个小日子,那该多好!他洗完澡,乐滋滋地走了出来,一看,咦?人到哪儿去了?房里房外找了一遍又一遍,也不见人影。糟了,莫非她说的是假话,有意戏弄我?继而一想,不对,刚才的一言一行、一举一动,看不出她的虚情假意呀！是不是有什么事临时出去了呢？还是等一等吧。

邢俊友一个人躺在沙发上干等着，不由迷迷糊糊地闭上了眼睛。等他一觉醒来，已是凌晨四时了，还不见王素君回来，他擦擦蒙眬睡眼，禁不住叹了口气。再一看，沙发一旁却多了一只做工精细的皮箱子，用手一拎，倒还有点分量。他不由心里一动：这里面说不定会有金银财宝哩。干脆，来个脚底抹油——溜吧！

邢俊友拎起箱子，偷偷溜下楼，正要跨出旅社大门，却被门房一个值班的拦住了。邢俊友因没付房钱，又拿了箱子，不免有几分心虚，神色慌张起来，更引起了门房值班的怀疑，并且惊动了旅社的总管和一些旅客。在追问下，邢俊友只得在众目睽睽之下打开了箱子。谁知箱子一打开，邢俊友一看，顿时大叫一声瘫倒在地，人们上前一看，原来满箱破烂中间夹放着一个女人的头颅。

全场大惊，旅社总管马上打电话向公安局报案。不一会儿，公安局来了一辆车子，又到邢俊友住的房间内看了，没发现什么情况，就把皮箱和邢俊友一块儿带到了公安局。

关涛掀开皮箱一看，不禁也"呀"一声怔住了：这女人头颅不是别人，正是他们要追捕的王素君。

关涛当即审讯了邢俊友。邢俊友这个公子哥儿哪见过这种场面，吓得颠三倒四、语无伦次地说了半天，才把他在南洋与王素君相识、直到昨晚和王素君在舞厅巧遇等前前后后的事说清楚。最后，他哭丧着脸说："我句句都是实话，不敢有半句撒谎，请公安同志详察！"

审讯完毕，关涛觉得案情越来越复杂了。本来他们苏州之行，发现的几条线索都与王素君有关，回上海之后，他把详情向孙副局长作了汇报，并根据孙副局长指示，一方面电告苏州市公安局，请他们跟苏州医院联系，务必全力救活刘邺汝，另一方面又研究了对王素君、梅秀玉和侯家如的追捕方案。谁知刚刚作出部署,王素君的人头却已经来到了公安局。现在王素君死了,线索断了。王素君是谁杀害的? 是邢俊友,还是另有其人? 然而更使关涛感到震惊的是:敌人的耳目为何如此灵通? 行动为何如此迅速? 这又不能不使关涛联想到陆宗祥"引蛇出洞"计划落空的事,似乎也是我们内部有人走漏了风声,这无论是王素君或者邢俊友都不可能办到的。啊! 眼下真是鱼龙混杂、真假难辨,令人难于安枕啊!

想到这里,关涛决定请示孙副局长紧急开会,分析案情,作出决策。谁知事情很不凑巧,孙副局长出去开会了,于是,这个会一直拖到第二天晚上才开。

会议开得紧张而热烈。大家一致同意关涛的分析,认为敌人的这一系列行动如此迅速,如此诡秘,既说明敌人阴险狡猾,也不能排除内部有人走漏风声,或者是我们内部也有潜伏的敌人,必须引起高度警惕! 在会议刚要作出决定时,大中国旅社的服务员周彩云赶来报告了一个新情况,还送来一枚绿色蔷薇花徽章。于是,孙副局长便根据这个新的发现,立即部署行动,命令关涛跟踪追击。

# 2 号 的 手 令

大中国旅社的服务员周彩云,是怎么得到这枚蔷薇花徽章的呢? 原来,她上午去邢俊友住的房间里打扫卫生,在整理床铺时,把被子一抖,"叭嗒"掉下来一只像纽扣似的东西,她拾起来,便随手放进了口袋里。

下班以后,周彩云回到家里,她那六岁的女孩倩倩嚷着要妈妈给买苹果,周彩云从袋里掏钱时,把这小徽章带出来了。倩倩一看,哟,好逗人哩! 花纹别致,晶莹碧绿,美着哩,她情不自禁地跳了起来,说:"妈妈,给我,快给我嘛!""看你喜的! 好,妈给你。"

倩倩接过小徽章,高高兴兴地别在右胸,喜爱地瞧了又瞧,问妈妈:"妈,好看吗?""好看,漂亮极啦! 喏,给你钱,妈忙着哩,你自己去买两只苹果,回来洗干净再吃,啊,路上小心!""知道。"倩倩蹦蹦跳跳出门去了。

马路斜对面有一家水果店,老板是个戴老花眼镜的老头,正在忙着给几个顾客称水果。倩倩跑上前去,举着钞票往老板面前一伸,嫩声嫩气地说:"老爷爷,我买两只苹果。"

"好,好。"老板拿下老花眼镜,看看小倩倩,随即给她拣了两只大苹果,用一只纸袋装着,递到倩倩的手上,说:"小妹妹,快回家去,别在路上贪玩。"

倩倩回到家里,把苹果交给妈妈。周彩云从纸袋里拿出苹果,一看,里面还有一张小纸条呢! 她取出来摊开一看,只见上面写了一个"急"字,旁边还加了个"!"号,周彩云以为是一张废纸,也没介意。倩倩吃完苹果,就跑到马路对面去玩"造房子"。水果店老板走到她面前,用手拍拍她,说:"小妹妹,我这苹果很好吃,你拿回家给你妈。"说着,就把两只用纸袋装的苹果塞到倩倩手里。小倩倩拿了苹果跑回家喊着:"妈妈,妈妈,苹果!"周彩云接过一看,纸袋里又有一张纸条,上面并排写了两个"急"字,旁边两个"!!"号。周彩云感到奇怪了,便问倩倩这苹果是哪来的? 倩倩说是水果店老板给的。隔了一会,周彩云又叫倩倩去买苹果,结果带回来的是三个"急"字,外加三个"!!!"号。真是奇哉怪也! 过去,倩倩也到那家店里买过水果,可从来也没出现这样的事。今天看来,这纸条儿显然不是无意识地带进去的,一次多一个"急"字,多一个"!"号,说明是有含义的。她仔细想了想,是不是那朵蔷薇花徽章在起作用呢? 她决定亲自去试一试。

周彩云把倩倩那枚蔷薇花徽章取下来,别在左胸上方,来到了斜对面那家水果店,对戴老花眼镜的老头说:"老板,请给我买三斤苹果。"

老板望了她一眼,很热情地给她称了三斤,也用一个纸袋儿装好,交给了周彩云。周彩云回到家里,把苹果全倒出来,可是,却没发现纸条。

周彩云更加迷惑不解,为什么信笺三次都有"急"字,而我去却没有呢?是不是他欺小孩儿幼稚,想通过她的手来传达什么信息呢?周彩云想到最近她们旅社里经常开会、学习,传达市领导的指示,要大家提高警惕,防止敌人的破坏,今天旅社里发生了人命案子,而这枚小徽章又是从那个出事的房间里捡到的。现在发现了这个怪事,不管它是不是敌情,也应该及时向公安局报告。于是,周彩云不顾天已晚了,便带着这枚绿色蔷薇花徽章,来公安局报案。

按照孙副局长的指示,关涛和他的两个助手连夜部署行动。关涛仔细地审视着周彩云送来的这枚蔷薇花徽章,感到尽管大小不同,但花纹、颜色、造型却跟陆宗祥白金表上的蔷薇花,跟梅秀玉家里挂钟上的蔷薇花一模一样,这是迄今为止发现的第三朵蔷薇花。他估计这枚蔷薇花徽章,很可能是王素君在慌乱之中丢失的。正当王素君被害、线索已断的时候,又发现了水果店老板这一可疑线索,这不能不使关涛感到真是"山穷水尽疑无路,柳暗花明又一村"啊!对,很可能蔷薇花是敌人特务组织的一个标记,因此关涛即刻派人严密监视这家水果店,同时决定亲自去观察一下。

水果店那个老头,确是蔷薇花特务组织的一个角色,具体受5号领导。当他发现一个小女孩胸前别了一朵蔷薇花时,以为是他们同党中什么人粗心大意,把这样重要的东西乱丢乱放,被小孩儿拿来别在胸前。他怕出事,因而接连写了三次"急"字,想敦促同党赶紧把蔷薇花收起来。后来,当他看见一个妇女也别着一朵蔷薇花来买苹果,但别的位置错了,才知道不是自己人。他估计出事了,最起码是他们的某个同党遗失了这一重要标记,落到了别人手里。因为事关重要,他当即把情况向他的上司5号作了汇报。

却说关涛换了便装,来到这家水果店的附近,举目往店里一看,只见水果架前,有一个五十来岁戴一副老花眼镜的老头,正在笑容满面地忙着接待顾客。

关涛故意放慢步子,从水果店门前经过,暗暗往店里一瞄,呵!别看这水果店门面不大,里面却有一条很深的通道。关涛想:要对这老家伙采取措施,还得首先堵住他的后路才行。

关涛拐进旁边一条弄堂,准备远距离监视着,不料他刚一拐弯,就见一个穿米黄色西装的大个子走进了水果店,从老头那儿买了一袋水果,走出店门,拐进了另一条弄堂。关涛一见这个穿米黄色西装的大个子,立时想到在南普医院,不是有人反映病人到来时,曾发现过一个穿米黄色西装的可疑之人吗?想到这儿,关涛立即紧跟上去。那个人似乎发觉有人跟了上来,立即加快了步子。关涛岂能放过他,也迈开大步,紧紧地追上去。

那家伙很狡猾,忽儿钻弄堂,忽而拐小路,忽而又钻入人流之中,滑得像泥鳅一样。关涛也使出全身解数,一路紧跟不舍。

那人来到繁杂的三马路,快步来到证券大楼前,回头一看,后面跟踪的人不见了。他松了一口气,走进大楼,正准备上二楼,猛然有两道犀利的目光射来,把他吓了一跳。原来是那个跟踪者,竟先来到了大楼里。

关涛是怎么进来的呢?他见穿米黄色西装的人直往三马路跑,就估计到他会往证券交易所钻,于是他就抄近路抢先进大楼"恭候"了。那人一看不好,就"噔噔噔"窜上二楼。关涛呢,也"嗒嗒嗒"快步追了上去。那人狗急跳墙,纵身从二楼跳了下去,跌了个狗吃屎,没等爬起来,只听一声大喝:"别动!"他抬头一看,两个持枪的公安人员已站在他的面前。

这两个公安人员正是蔡力、王允。原来他们早就开着车子在暗暗跟着他们的科长。当关涛进入大楼以后,他们就停车在路边等候,警惕地注意周围的动静。王允眼尖,一眼发现从二楼窗口突然跳下来一个穿米黄色西装的人,立即冲上去擒个正着。

关涛他们把那个穿米黄色西装的大个子押上吉普车,回到公安局,立即进行审讯。谁知那小子顽固得很,除了一连声地叫嚷"你们凭啥抓我"而外,啥都不说,气得蔡力恨不得一拳揍他个半死。关涛觉得不施加点压力是撬不开他嘴巴的,就掏出一枚蔷薇花徽章,冷冷地说:"这东西你大概知道是什么吧!"那大个子一见这小小的蔷薇花,不由打了个哆嗦,沉默了好一会儿,才嗫嚅着说:"我都交代,让我抽支烟好吗?"关涛点了点头。那大个子从烟盒里摸出一支烟,衔在嘴里。关涛向王允摆了一下头,王允走上前说:"这儿有火。""嚓"揿了一下打火机,凑上去给他点烟,突然伸手把他嘴上的那根烟抽了出来,说:"换一支吧!"

那小子一见,"扑通"往地上一跪,说:"我坦白! 我交代!"

这个特务供认,他是蔷薇花特务组织联络行动组的成员,具体任务由5号指派,而5号又接受2号的领导,至于2号是谁,他不知道。他只知道这次行动的主攻目标,是炸发电厂。今天他是奉了2号的命令到水果店取"货"的。至于其他情况,他全不知晓。

押走了特务以后,关涛拆开香烟,里面果然有一张小纸条,上面写道:

　　暂缓行动,一切待命。2号。

2号是谁呢? 关涛望着这张纸条,陷入了沉思。猛地,他似乎感到,这张纸条上的字体怎么那么熟悉呢? 再细细一看,啊!

不由得吃了一惊。他的手颤抖了，心跳也加速了。

难道他是2号？

## 奇怪的调令

关涛一看纸条上的笔迹，竟和孙副局长字体一样，这怎能不使他感到头皮发麻呢！他怀疑自己是否看错了，决定到陆宗祥家去，再仔细看看孙副局长送的那轴亲笔书写的中堂。

关涛怀着解谜的心理来到陆宗祥家里，谁知陆宗祥一看到他，便急切地说："关科长，你来得正好！我正准备去找你哩。"关涛问："有什么急事吗？"

陆宗祥告诉关涛说，他今天下班，去永安公司买东西，等他买完东西出来，发现戴在手腕上的白金手表丢了。

关涛一听白金手表丢了，脑子里又添了一个问号：这手表是谁偷去了？难道是敌人弄去的，那他们还想从这块表上打什么主意呢？而且这表又是在孙副局长的中堂内发现的呀！难道果真是他送的，这……这……他简直不敢想下去啊！

关涛用照相机暗暗拍下了孙副局长写的中堂，回到局里，连同2号的那张手令，一块儿交给了技术科，请他们鉴定。

关涛回到办公室，坐在沙发上，陷入苦思之中。突然，电话铃响了起来，他抓起话筒一听，惊得连声大叫："什么？什么？啊……"

怎么回事呢？电话是苏州市公安局打来的。他们告诉关涛，今天早上，有四个手持上海市公安局公函的公安人员，来到苏州医院把刘郏汝接走了。等到苏州市公安局得到消息，赶到医院时，人车都已无影无踪了。

刘郏汝被劫走了，在关涛的脑海里又增加了一个大问号。他想：敌人固然是诡计多端的，可是刘郏汝住在苏州哪个医院是绝对保密的，就连刘叶枫，我们也没告诉他呀！这样看来，我们内部不仅有敌人耳目,而且这个人还是个掌握相当内情的人。至于是不是孙副局长,关涛希望他不是,因为他毕竟是自己所尊敬的领导啊!

可是,事情偏偏出乎关涛的愿望之外,技术科送来了鉴定,结论是:两份字体,出自一人笔迹!

关涛看了技术鉴定,他希望这一切都不是真的,但这是科学鉴定,不容置疑的啊!

他怔了半晌,才回过神来。他见案情已牵涉到局领导,事关重大,便急忙来到市政府,向市领导作详细汇报。

市领导很重视,听了汇报以后,仔细看了两份笔迹和鉴定结论,说:"呵! 案子还挺复杂的嘛!"关涛请示下一步怎么办,市领导说:"你放心就是啰! 我会作安排的。"

听了市领导的话,关涛像吃了一颗定心丸,感到浑身都增添了力量。他兴冲冲地回到局里,人还未坐定,盛秘书就推门进来,说:"老关,你回来啦! 到处找你哩。孙副局长叫你马上到他办公室去。"

"啊? 好,好!"关涛想:好快啊! 是不是我向市领导汇报的事他知道了呢? 怎么这样迫不及待就找我呢? 本来,他想向自己的助手蔡力、王允打个招呼,可是一想,在目前的情况下,大家的神经都处于高度紧张状态,敏感得很,稍一疏忽就有可能打草惊蛇。所以,关涛虽然心里紧张,表面上仍像没事一样,跟着盛秘书来到了孙副局长的办公室。

孙副局长坐在他办公桌边的转椅上,神情似乎和平时没什么区别,仍然是那样不露声色。他见关涛来了,照旧将手一伸,请关涛坐在靠墙的长沙发上,然后,开门见山地问:"老关哪,听说你们从一名捕获的敌特分子身上,搜到了一张纸条,是吗?"

关涛一听,不由得暗暗吃惊! 心想:此事我们还没汇报,他咋知道的? 但又一想,他是直接主管这件案子的,我怎么好装聋作哑，一字不吐呢！这时，关涛真是心潮起伏啊！但他毕竟是个有丰富斗争经验的人，当即决定来个就汤下面，探探他的"底"。于是说："孙副局长，我正要找你汇报这件事。关于那张纸条，根据我们已经掌握的材料，感到问题比较复杂……"关涛是投石探水深，目的想看一看对方会有什么反应，因此故意把"比较复杂"四个字拖长了音调，不说下文，两眼直盯着孙副局长。

谁知孙副局长没有急于追问下文，而是平静地掏出香烟，递了一支给关涛，然后点燃烟，猛吸几口，吐出一圈圈烟雾，慢悠悠地说："复杂，是我们工作的特点。现在，既然有了这张纸条，就要一抓到底，不能轻易放过。"他说到这儿，长长地叹一声，显出无可奈何的神态，摇了摇头，说，"老关，蔷薇花案尚未破案，上海发电厂的情况你又比较熟悉，这里正需要你呀！可是上级又下达了一个新任务，点名要你去啊……"

关涛一听要调他去执行新任务，气得差一点从沙发上跳起来。好厉害呀！这分明是釜底抽薪嘛。眼看着火就要烧到他身上，他却来了个先下手为强，要把我调走，这是万万不能答应的。关涛急忙说："孙副局长，如果我的工作不力，你可以批评我，目前，蔷薇花案正要从这张纸条上突破，我们理应乘胜追击。如果把我调走，恐怕对工作不利吧？"

孙副局长还是那副无可奈何的样子，摊开双手说："我也是这么想啊！可是，有什么办法呢？这是市委的意见啊！"

"市委的意见？"关涛想：我刚从市领导那儿来，你能瞒得过我吗？但这事又不好挑明。他坚决地说："孙副局长，我愿立军令状，一星期之内侦破蔷薇花一案。待我破案后再接受新任务。"

孙副局长听后，"嚓啦——"把抽屉拉出半截，关涛警惕地注意着他的一举一动，只见孙副局长从抽屉里取出一份卷宗，说："老关哪，这是市委安排你去接受新任务的有关文件，拿去看吧!"

关涛接过卷宗,翻开,"公安部文件"五个红色字体立即跃入眼帘。他定睛一看,只见上面写道:"甘肃南部发现几股叛匪骚扰,危害解放后人民群众的安全。本部拟请上海、天津两地抽派精干侦察人员,火速赴陇南配合驻军肃匪……"关涛看到这里,抬头望望孙副局长。孙副局长仍然是一脸无可奈何的样子,指指文件旁边的批文说:"你再看看这上面还有市领导同志代表市委作的批示。"

关涛一看,果然,文件上有铅笔批语,上写:"请派关涛等十名干警,明晨启程,速往陇南剿匪。"关涛看到市领导的批示,真的被搅糊涂了。他想:孙副局长他可以假冒市委名义,但现在明明是市领导同志的亲笔批文呀! 这……这究竟是怎么回事呢?

事已至此,关涛不想再在这儿多磨蹭,但是,使他苦恼和不安的是,自己的老首长,当年在两军对垒之中,都能决胜千里,运筹帷幄,今天怎么竟轻信这个孙其的话呢? 事关重大啊,我一定要去找老首长,揭穿姓孙的阴谋! 想到这儿,关涛便问:"什么时候动身?"

孙副局长说:"文件上写得明明白白,明天早上启程。现在还有些时间,你先把蔷薇花案件的材料办个移交,全部交给盛秘书。你走了以后,盛秘书暂时调到你们侦察科去,下一步的侦破工作,由盛秘书负责。"

关涛见大局已定,只得和盛秘书一起来到自己的办公室。关涛虽然肚中有话,但不便说出。盛秘书却认真地接过一份份材料仔仔细细核实签收。两人默默无声,经过一个小时,才办好移交。关涛说:"材料都在这里了!"盛秘书问:"都齐了吗?"关涛最后只好掏出了那张小纸条,说:"这是从敌人身上搜获的,要千万保管好,蔷薇花案的工作能否顺利进行,这张纸条是关键性的证据!"盛秘书连连点头,把那张纸条放在一只"绝密"档案袋内,然后看了看手表,说:"关科长,时间不早了,你明天一早就要动身,快回家去准备准备吧!"

关涛从公安局出来,准备去找蔡力、王允,可是回头一看,发现后面有两个人影一闪,啊,有人盯梢! 好厉害呀! 已经在监视我了。他只好先回到家里,靠在沙发上,闭上眼睛思索起来。他觉得,今天的事自己已经处在被动的位置上,要扭转这个局面,就只有找市领导了。市领导是自己的老首长,他是了解我的,我一定要当着他的面,把孙副局长披着的那层面纱揭开来。关涛主意已定,为了摆脱跟踪,他机警地从晒台上爬到邻居家里,再从邻居家的后门闪身出来,一路急走紧赶,来到市府门口,出示工作证,说明来意后,门口警卫将他拦住,说:"市领导同志到北京开会去了。"这简直是晴空霹雳。完了! 市领导同志不在,事情已经没有挽回的余地了。他的心痛得像刀剜似的难受。

## 小镇上枪声

第二天天还没亮,孙副局长就亲自坐车来到关涛家里,说是要亲自送他上火车。关涛心想:哼! 什么欢送,分明是押送! 他们进站后,在月台上,孙副局长说:"这次任务十分紧迫,来不及和你细谈,到了目的地,我们再通信联系吧!"关涛一声不吭,和孙副局长拉了拉手,便上了火车。孙副局长看着火车开动,才回转身子。他刚走了几步,只见盛秘书急冲冲地奔过来,递给孙副局长一份紧急通知。孙副局长一看,是公安部发来的,叫他马上去北京参加紧急会议。孙副局长盯着通知,反反复复看了好一会,才和盛秘书一起出了车站回去了。

关涛走进车厢,按指定的座位坐了下来。他抬眼朝外看看,天还没亮,窗外一片漆黑,车厢两侧又全挂着窗帘,什么也看不清。他再透过微弱的车灯光,打量了一下周围,这车厢里坐的全是穿了干警制服的公安人员。看来,这是一节特别车厢。关涛的位置在两节车厢连接的尽头。关涛细细打量了一下车厢里的人,发现其中有六个人,总是有意无意地瞟着自己,射来十二道令人不可捉摸的目光。其中有个胖胖的络腮胡子,好像是个领头的。关涛想:这几个是哪儿来的? 为什么总是这样盯着我呢?

关涛正想着,突然,车厢门被打开了,"咯咯咯",随着一阵皮鞋声,进来一个人。关涛猛一回头,只见进来的那个人,三十岁左右,也穿着一套干警制服,个头有一米八十以上,体魄魁梧,健壮得简直像一头牛。大个子走到关涛对面的一个位置上,坐了下来。他刚一坐下,两道目光就"刷"地在关涛身上扫了一下。关涛一颗心不由得一沉。他想:车上六个人,已难对付,如今又来了一个大高个子,更棘手了。嗯! 此次去陇南,真是步步踏险,情况复杂呀!

先后上车的人,在一个车厢里,似乎谁也不清楚谁的底细,只是你提防着我,我提防着他,连睡觉都睁着一只眼睛。空气紧张得点火就能着,险着哪!

列车出了上海站,轰隆隆地一直向前飞奔。列车渡过长江,过了郑州,穿过潼关,又飞出了西安,都没有发生什么意外情况。

当又一天夜幕降临的时候,这节车厢里的人,神经紧绷了一天一夜,各自都有些倦乏疲惫了,他们都似睡非睡地靠在软座上。就在这个时候,关涛突然发现自己的茶杯下露出了一个小纸角。他感到奇怪,装着端杯喝茶,把压在杯子底下的小纸条迅速捏在手里,背着人瞟了一眼,只见上面写着:

市领导命你:提前下车,火速返回上海! 绝密!

这封密信又是什么时候送来的呢? 送信人究竟是谁呢? 关涛再仔细看看,纸条角上还打了一个执行特殊任务时使用的记号。关涛顿时一阵激动，这是自己人送的。那么，谁又是"自己人"呢？他无法断定，但他也略略放了点心。因为不管是谁，总说明还有"自己人"在身边。

列车进入山区，前方到了一边陲小站，稳稳地停下了。这里上下的旅客并不多，关涛悠然地喝着茶，看着乘客们上车下车。可是，当列车即将开动的一刹那，关涛突然提起旅行袋，快步奔下车去，双脚刚一落地，列车就启动了。关涛的行动，简直叫人猝不及防，慌得车厢里的人手忙脚乱，乱成一团。那六个人你挤我撞，纷纷从窗口翻了下去。那个大高个也双脚一踮，"蹭"越窗而出。

关涛飞快地越过一座拱桥，进入小镇，住进了镇头一家两层楼的旅社。他准备在这儿休息一晚，化装后秘密返回上海。现在关涛才完全明白，这次派自己赴陇南，原来是市领导同志用的计策。他那满腹焦虑和不安的心放下了，眼下又摆脱了那六个虎视眈眈的可疑之人，还有那个神秘莫测的大高个子。此时，他才真的感到有些疲倦了，便准备上床休息。

过了一会儿，旅社内忽然人声嘈杂起来，原来，车上那六个人在络腮胡子的带领下，嗷嗷吼叫着也进旅社院内来了。他们确实是一群奉了2号指令，准备趁机下手杀害关涛的歹徒。他们没料到关涛会突然下车跑了，慌得他们急忙跳下车，像一群没头苍蝇，在小镇上乱窜了一阵，终于追到这家旅社来了。

这伙歹徒在络腮胡子的指挥下上了二楼，朝关涛住的房间逼过来。他们正要往房里冲，突然"砰砰"两声枪响，一个歹徒被打中了，这下好似捅了马蜂窝，顿时"砰砰砰"、"哒哒哒"枪声吼叫起来，整个旅社乱了起来，沉寂的小镇也闹腾起来。接着驻地部队赶来了，镇上的公安人员和民兵也赶来了。络腮胡子一看大势不好，连忙狂吼一声："甩手雷炸！"随着"轰轰"两声，关涛住的那房间一片火光。硝烟一过，络腮胡子冲进房间，只见一个身穿警服的人被炸得躺在里面。络腮胡子走过去翻开死者身子，那死者的脸已被炸得血肉模糊。他急忙翻开死者的衣袋，从里面找到一张证件，一看正是关涛的。络腮胡子像得到宝贝一样，开心得嚎叫起来："关涛死了！关涛被炸死了！"说完，又喊了一声"撤！"几条黑影立即闪了几闪，便隐没在黑暗中了。

## 意 外 的 重 逢

关涛遇难的消息很快传到了上海，蔡力、王允万分悲痛，他们大声疾呼："为什么要让关科长一个人走？为什么不让我们跟他一块儿去啊！"他们怀着满腔的悲愤和对敌人的仇恨，"噔噔噔"来到他们现在的领导——盛秘书的办公室。

关涛的遇难，对盛秘书来说，虽然从情绪上没有像两个年轻人那么激愤，但看得出他也在强抑制内心的激动。他把两位年轻人让进办公室，然后悲愤地告诉他们，关涛被害，是敌人有计划的行动；关涛只身与敌人展开了殊死的搏斗，他用生命换来了一个重要情报。说到这里，盛秘书拉开抽屉，从里面拿出一封信，递给他们说："这是关涛同志遇难前送出的最后一份情报。你们先看看。"

蔡力、王允接过信一看，只见上面简单地写着："刘邺汝现在上海西区教堂，此人对破获蔷薇花案有很大用处，望务必把他夺回来！"蔡力、王允看了信，更悲痛了，他们说："这是关科长用生命换来的情报。眼下孙副局长去北京开会了，蔷薇花案是由你全盘负责的。盛秘书，你下命令吧，让我们打进教堂去！"

盛秘书望着两位怒气冲冲的年轻人，说："同志们，作为一个优秀的人民侦察员，一定要遇事不慌。斗争是很复杂的，决不能感情用事啊！昨天，我收到这封信，就去请示了市领导。他反复交代，对敌人一要狠狠打击，二要注意政策。宗教信仰自由，受到政府的保护,我们可不能冒冒失失地乱闯。我们先商量一下,你们看看用什么办法好?"

蔡力连眼睛都急红了,跺着脚说:"我们不去闯,敌人不会送货上门的呀!"

王允冷静地思考了一下,说:"盛秘书,我有个办法,可以深入到教堂里面去。""那好哇,你说说。"王允说:"刘叶枫自从儿子遭害、王素君出事以后,他心灰意冷了,常叨念说遭此不幸,是上帝的意旨,还说过想入教。我想,我们正好帮他找一个教徒做他的引荐人,在他去教堂举行入教仪式时,我和蔡力扮作他的随从陪同他去,伺机深入教堂进行侦察。你看如何?"蔡力一听,连声叫好。

盛秘书想了想,点点头说:"我看这个方案倒是可行的,你们先做准备吧。不过,要加倍小心。"

于是,蔡力、王允便来到了刘叶枫的上海公馆。他们见到刘叶枫,几乎认不出他来了。没几天,刘叶枫就像变了个人似的,原先大腹便便,一下子变成瘦长皮囊了;一双大眼睛没一点神采。蔡力、王允同他寒暄了几句,就说明来意,请他协助。刘叶枫听说可以找到自己的儿了,自然满口答应了。

举行入教仪式的那天,蔡力、王允伴随着刘叶枫到了西区教堂。那是一座哥特式高大建筑,左侧有一幢两层楼房,溜尖的铁栅栏杆把整个教堂与那幢两层楼房严严实实地围了起来;教堂大门边,有一座小门房,平时人们就从那扇小门进出;小门上挂着一排搪瓷水牌,进入教堂的人,要用毛笔在水牌上写上自己的姓名和事宜,交给守门人递传进去。

守门的是一位白须白眉、又聋又哑、身患"抖抖病"的老教徒,当蔡力去敲门的时候,老人不停地摇着头、抖着手,拉开小门上的小窗门,用手指指水牌。王允忙提笔写上了"刘叶枫入教"的字样递过去,老人收了水牌,示意他们稍等等。过了一会,老人便抖抖索索地打开小门,让他们进去。

三个人走进了那个高旷的拱形大厅,不一会,身穿礼服的神父伫立在十字架前,为刘叶枫举行了入教受洗仪式。

蔡力、王允站在一旁,注视着教堂四周的门户通道,心中在考虑着如何进行侦察,并把刘邺汝救出来。就在这时,突然,大厅的两边"呼啦啦"冲进来几个大汉,上前紧紧揪住了蔡力、王允的胳膊。蔡力、王允虽拼命挣扎,终因双拳难斗四手,被捆得动弹不得,他们愤怒地大声呼叫起来:"我们是陪刘先生来的,你们这是干什么?"

这一喊,惊动了神父,他气愤地喝道:"你们竟敢这样对待我的虔诚的教徒,实在太无礼了,赶快放手!"一个为首的马脸说:"我们的事不用你管,带走!"神父气得浑身发抖,连声说:"你们这些魔鬼!撒旦!我要向你们抗议!抗议!"可是,这伙歹徒哪听他的,强拉硬拽把蔡力和王允拖走了。

刘叶枫一看也急了,忙对神父说:"他俩是我带来的随从哪,您得救救他们呀!"神父骂道:"这是些不法之徒,常常背着我干坏事,我……我再也不能容忍他们玷污我这圣洁的教堂了。"

一伙歹徒把蔡力、王允连拖带拽,拉到教堂旁边那幢两层楼房下面的一间阴暗地下室内,搜去了他俩身上的短枪,反绑了他俩的双手,再用拇指粗的麻绳把他俩紧紧捆扎起来,然后把他俩关进一只密不透气的铁桶里。那个马脸走过来,恶狠狠地说:"看在上帝分上,让你俩尝尝干焖沙丁鱼的滋味,再到上帝那儿去会见你们的关涛吧!"说完"咔嚓"锁上了铁桶上厚厚的门,扬长而去。

这铁桶其实是一种刑具,人关进去闷得难受,时间一长就会昏迷窒息而死,歹徒们称它为"焖罐头"。蔡力、王允被关进桶里,动不得、看不见,恨得眼里喷火、钢牙咬碎。他们气恨啊!本来他们想进教堂侦察敌情,没想到一进来就身陷绝地。死,对他们来说并不怕,只是没能完成关科长的遗愿就不明不白地死去,这是最心痛的!

不多时,他们感到闷得发慌了,只得张大嘴巴喘着气,互相鼓励着:要坚持,相信刘叶枫会去报告的;盛秘书会调兵营救的……渐渐地,感到胸闷、头昏、目眩,虚汗湿透了衣服,人越来越昏昏沉沉了。在迷糊恍惚中,他们似乎听到地下室的铁门"咔咔"响了几声,随着铁桶门也打开了。一阵冷风吹来,顿使他俩清醒过来。张开眼皮一看,有个人站在面前,再仔细一看,原来是那个白须白眉的看门老头。蔡力想:你这个老头也是他们一伙的呀!他顿时怒火中烧,猛一使劲,一头撞过去,"叭嗒"把老人撞了个趔趄。

老人身手倒也敏捷,顺势一个后翻,立起就伸出两手,紧紧把蔡力抓住,轻轻喝了声:"不许莽撞!是我!"

呀!这老人的声音怎么这样熟悉呀?蔡力、王允全愣住了。

## 神 秘 的 2400

蔡力、王允一听老头声音很熟,忙问:"你是谁?""关涛。"两个人听说是关涛,惊得倒退了好几步。怪了!难道我们是在梦中吗?他们正在惊疑时,只见老人摸出小刀,割断了他俩身上的绳子,扯下了白发、白须,露出了真容。蔡力、王允细细一看,千真万确,是关科长啊!他俩猛扑上去,紧紧地抱住了关涛,蔡力这个铁铮铮的硬汉子,竟像孩子似的唏嘘起来。

听故事的会问,关涛不是遇难了吗?人死怎么能复生呢?故事还得回过头来说一段。

原来,那天关涛突然下车,到小镇旅店住下,刚想上床躺一会,不料有个穿警服的突然破门而入,用枪逼住了关涛。那人得意地说:"想不到吧,关科长!你们到处找我,我却自动找上门来了。"关涛这才看清楚,来人正是他们要追捕的医院大夫侯家如。侯家如也是奉了2号的密令,要他上火车暗暗跟踪关涛,并"趁机除之"。他化了装,坐在另一节车厢里,一直监视着关涛的行动。关涛一下车,他就暗暗尾随着到了旅社。这会儿他面露杀机,冷笑着说:"今天,我是奉了上司的手令,要死的,不要活的!"说着,就要扣动扳机。

就在这千钧一发的时候,忽听"啪"一声响,从窗外飞进来一块石头,随着侯家如一声惊叫,他的手枪已被击落在地。紧接着,"呼"一道蓝光闪过,好似从天而降飞进一个人来,双脚一蹬,"扑"把侯家如踹到门角边,一弯腰把地上的枪拾了起来。

这几个动作简直是一眨眼的事。关涛想:此人确实了不起!再一看,啊!这不是火车上的那位大高个吗?忙说:"你是……"

大高个说:"我是公安部的李通海,奉上海市领导的指示,沿途保护你。"说着,出示了证件。

啊?李通海!公安系统赫赫有名的侦察英雄。关涛紧紧握着他的手说:"李通海同志,真谢谢你了!"

李通海踢了踢趴在地上的侯家如,说:"快说,你们把刘郏汝藏在什么地方?"

侯家如吓得抖抖索索地说:"我……不知道!""什么?"李通海手枪一点,"你不老实,我就毙了你!""他……他在上海西区教堂的……地下……室里。"

李通海和关涛交换了一下眼色,两人会意地点了点头。突然,外面传来了叫嚷声,那侯家如一听,发疯似的从地上"呼"地跳起来,夺门就想逃。李通海不慌不忙,回手一枪柄,"扑"正砸在他的脸上。这时一伙歹徒已冲上二楼,李通海叫关涛顶住敌人,他让关涛把身上的证件拿出来,塞进了侯家如的袋里,然后又猛地向敌人扫了一梭子,而后叫了声:"快走!就让这家伙做你的替身吧。"说着便带着关涛安全地离开了旅社。第二天,关涛化了装,李通海帮他发了密电,然后亲自把他送上了返回上海的火车。

关涛回到上海之后,秘密会见了市领导,汇报了沿途的情况和下一步的打算,经市领导批准,他做好了那位白须白眉老教徒的工作,经过巧妙化装,来了个冒名顶替,来侦探教堂的秘密。今天他一见蔡力、王允扮成刘叶枫的随从进入教堂,就猜出两人的意图,因而一直在暗中观察、保护。刚才,歹徒们对蔡力、王允行凶,他都看在眼里,这会儿,他是特意来营救自己的战友的。

三个战友意外相逢,真是喜出望外。关涛对蔡力、王允说,既然已经闯入龙潭,我们就要探他个水落石出。三人商量停当,正准备悄悄出门,忽然听见外面响起了脚步声,他们屏住呼吸,从门缝里往外一瞧,差一点“啊”出声来。你道来者何人?正是在医院和苏州两次失踪的梅秀玉!

关涛一看是梅秀玉,马上便想到她在苏州给刘郇汝换氧气包的事,如今又在这里出现,说明刘郇汝一定藏在附近。于是关涛向蔡力、王允示意,跟着她。

三个人身轻轻、步悄悄,暗暗跟在梅秀玉的后面。梅秀玉做梦也不会想到在他们的老巢里,竟有公安人员在跟踪,因此她头也不回,一直朝前面走去。

梅秀玉通过地下室,上了二楼,来到第四间房的门口,也不掏钥匙,只是用手抓住门环,“吱吱”连续转了两个圈圈,那门就自动开了,梅秀玉随即走了进去。

关涛从梅秀玉的动作里,猛然想到,“二”楼的第“四”间房,又连续转两个圈圈,连起来不就是“2400”吗?呀!难道我们寻找了很久、一直是个谜的2400就在这儿吗?如果真是这样,那才是“踏破铁鞋无觅处,得来全不费工夫”哩!

他们轻轻走到那个房间门边,朝里张望,看不见什么;贴在门上听了一会,也听不到一点儿动静。怎么回事呢?不能让到手的鱼儿又溜了！关涛赶紧照着梅秀玉做法，把门环"吱吱"转了两圈，果然门开了。可是，三个人冲进去一看，全呆了：里面连个人影也没有。

蔡力急得直搓手，王允也迷惑不解地望着关涛。关涛想：明明看见梅秀玉进来，这房间既没窗，也没第二道门，她会到哪儿去呢？看来这房间里一定有名堂，于是他就细细地打量起来，这里面除了桌、椅、床之外，再没有什么异样的东西。他在墙壁上敲敲，桌椅上摸摸，毫无结果。蔡力急得握紧大手在床头"砰"地砸了一拳，谁知这一砸，奇迹出现了！只见那张床"嘶嘶"地翻到了墙上，床下的地板也"哗哗"向两边移开，露出一个地下道口。巧啊！原来蔡力无意间砸着了机关。

关涛一看大喜，一挥手，说了声："下！"三个人鱼贯地进入地道。地道内黑得伸手不见五指，只能摸索着向前走去。他们东拐西拐，转弯抹角摸索了好大工夫，突然发现前面露出一丝光线。他们顿时来了精神，加快步子朝那光线走去。

果然，他们听到有人说话声，细细一听，是从左边地道内传来的，是个女人的声音："快把那个绿色的小本交出来吧，要不，你这样半死不活的多难受哇！"

关涛一听话音，好像是梅秀玉在逼问刘邺汝。他连忙对蔡力、王允耳语了几句，叫他们赶快进去，逮住梅秀玉，救出刘邺汝，他在外面负责警戒。

蔡力、王允点了点头，蹑手蹑脚走了进去。那儿有个小房间，门没关紧，房里躺着一个瘦得像刀削一样的男子。梅秀玉背朝门站着，娇声娇气地说："邺汝哇！我都陪你那么久了，我的心……也难受极了。快把那绿色小本子交给他们吧，咱俩……远走高飞。"

蔡力、王允轻轻推开门，一步跨进去，说了声："梅大夫，久违了！"

梅秀玉回过头来一看,惊得结结巴巴地说:"你……你们……""我们是特地来接你的,怎么,不认识啦?"王允说着一把抽掉她身上的短枪,用枪逼着她说:"老实点,跟我们走!"

梅秀玉怎么也想不到,公安人员会突然出现在地道里,面对黑洞洞的枪口,她只好低下了头。

蔡力走到刘邺汝面前,说:"刘先生,你受苦了。我们是来接你出去的,你爹正等着你哩!"说完,把刘邺汝轻轻背了起来。王允押着梅秀玉在前面开路,蔡力背着刘邺汝紧跟在后。

关涛见蔡力、王允已顺利地完成任务走了出来,忙示意他们赶紧出去,他自己留下来,继续侦察。他摸索着向前走了一段路,发现地道尽头有一个宽敞的洞府,往里一瞧,透过昏暗的灯光,只见黑压压地坐了不少人,那个穿米黄色西装的大个,正在吆喝着:"弟兄们,2 号有手令,这个教堂已经引起共产党的注意,要我们在天亮前就转移,2 号已有安排,具体行动由我指挥……"

关涛一听,啊!这儿果然是敌人的巢穴,他们想溜!不行!一定要想法拖住,绝不能让他们逃之夭夭。关涛这么一想,便悄悄退回几步,准备选个堵截敌人的地位。不料,还没等他选好地位,突然,"滴铃铃——"地道里响起了刺耳的铃声。

警铃怎么会响的呢?原来蔡力、王允走了不多远,梅秀玉突然装着摔了一跤,按动了紧急信号。铃响了,王允气极了,一枪砸过去,把这个顽固不化的特务砸了个脑袋开花。

铃声一响,匪徒们乱成了一团,5 号挥着枪叫道:"不许乱!谁要临阵脱逃,我就毙了他!快给我冲出去!"匪徒们在枪口的威逼下,持枪冲了过来。

王允又来到关涛面前,说:"关科长,你走吧,让我来掩护!"关涛说:"王允同志,抢救刘邺汝,事关重要,你快走,这是命令!"王允只好应了一声"是",保护着刘邺汝,按原路出了 2400 房间。到了教堂,正碰上了神父,神父急忙带他们从小门出了教堂。

这时,关涛和冲上来的匪徒展开了堵截战。敌人过来一个,"砰"给一枪;来两个,"砰砰"打一对,把匪徒们全震住了。可是匪徒们毕竟人多势众,一窝蜂冲过来,逼得关涛只好边打边退。他想:只要退到2400,我居高临下,守住出口,谅你们插翅也难逃。哪知关涛退了一阵,地道内突然静了下来,枪也不响了,人也不喊了。关涛一想,突然喊了声:"不好!"连忙重新冲了过去。

原来匪徒们已朝刚才刘郫汝藏身的方向逃窜。关涛估计那儿必有洞口,便大喝一声:"你们已经被包围了,跑不了啦,快投降吧!"

5号见有人在后面追赶,回头又和关涛打上了。双方又对峙了一阵。在对峙中,匪徒们已逃出了洞口,当5号最后一个逃出洞口时,关涛也追了出来。

枪声指引了方向,我们守卫在附近的部队终于赶到了。匪徒们如卵碰石,稍一接火,就溃不成军,最后只好举手投降了。

这时候,蔡力、王允也赶到了。他们告诉关涛,刘郫汝已送进南普医院,他们父子见了面,刘郫汝含着泪,说他藏了一个绿色小本子。经技术人员破译,原来是敌特组织名单的密码,现在正按照市领导的指示,请他们对号入座!

关涛一听,非常高兴,忙对蔡力说:"你马上挂个电话,向盛秘书汇报,让他也高兴高兴。"等蔡力打完电话后,关涛便对蔡力、王允说:"走,我们捉拿2号去!"

## 张 开 的 大 网

自从蔡力、王允随着刘叶枫去教堂后,盛秘书一直守候在电话机旁,现在接到蔡力打来的电话,当即指示他们要一鼓作气,仔细搜查,务必把敌人的2号查出来。他放下电话,连夜驾驶着一辆摩托车,亲自来到了上海发电厂。

夜深了,可是发电厂的许多同志还没休息。自从发电厂的一个发电机组被敌机炸坏之后,市领导同志曾亲自到发电厂视察,要求总工程师陆宗祥和工人同志们,以主人翁的精神迅速修复发电机,保证上海正常用电。在陆宗祥的带领下,全厂技术人员和工人经过日夜奋战,终于把被炸坏的发电机修好了。

明天凌晨就要正式进行鉴定和验收了,因而今晚对机组的保卫工作就特别的严格。当盛秘书驱车来到的时候,陆宗祥和保卫科的李干事连忙迎了上去。陆宗祥十分激动地紧握着盛秘书的手说:"盛秘书,这么晚了,您还亲自来哟!"

盛秘书说:"市领导一再指示我们,发电厂是敌人重点瞄准的目标,今天晚上可是个关键时刻啊!我怎好不来呢?老实说,不亲眼看,也放心不下呀。"盛秘书边说边点燃了一支烟,吸了一口,然后用赞扬的口吻说,"一进厂就感到气氛不一样,看来你们的保卫工作做得很不错嘛。"李干事谦逊地说:"我们的工作做得很不够,请盛秘书多检查指导。"说着,李干事就走在前面领路,盛秘书在陆宗祥陪同下,进入厂区进行检查。

盛秘书显然是个行家,他不是一般巡视看看,而是认真细致,一丝不苟。他话虽不多,但听得出他那话语中既表现出内行,却毫无炫耀的意思,凡是他认真检查的地方,都是重要的、必须严加注意的部位。

他里里外外巡视了一阵,见没有发现什么问题,便满意地说:"你们的工作做得确实不错。"

三个人一路谈着,出了厂房。李干事说:"盛秘书,请到会客室休息一下吧。"盛秘书看了看手表,便随着他俩走进了一间布置得极其清雅的小会客室。踏进会客室门,就见里面坐着一个人,仔细一看,竟是孙副局长,这倒使盛秘书大感意外。他惊讶地问:"孙副局长,你怎么到这儿来啦?"

孙副局长一见盛秘书,脸上的表情似乎也流露出一般人难以察觉的变化,他站起来,和盛秘书拉了一下手,说:"傍晚刚从北京回来,胡乱吃了点点心,就赶到这儿来了。肩上的担子太重,放心不下啊!来,坐下来慢慢谈吧。"

盛秘书坐了下来,向孙副局长汇报了这几天的工作。两人谈了一会,盛秘书看了看表,说:"哎呀!时间好晚了,孙副局长远道归来,早点回去休息吧!"

"不急,不急,我这人熬夜熬惯了。再坐一会儿吧,有些情况我还想详细了解一下哩。"于是,他又询问了一些其他事情。

眼看着时针快指向十二点了,盛秘书再一次说:"孙副局长,时间不早啦,你要注意身体,还是回去吧。"

孙副局长呷了口茶,没有立刻作出回答。

这时,只见厂门外三声喇叭响,一辆车开进了厂里,孙副局长放下茶杯,站了起来,说:"现在到时候了,该走啦。盛秘书,请吧!"

孙副局长和盛秘书一走出会客室,就见从车上跳下三个人来,前有关涛、后有蔡力、王允,"呼啦"一下来到他俩的面前。

孙副局长说:"盛秘书,上车吧,检阅一下你的队伍吧。"

盛秘书一看,只见车上的几个武装战士押着一伙人,其中有穿米黄色西装的5号,还有头上缠着白纱布的梅秀玉。盛秘书吃惊地说:"你们这是什么意思?"

孙副局长说:"这就用不着我说了,你心里比谁都清楚。"

关涛一挥手,蔡力、王允一拥上前,卸下盛秘书的枪,摘下他的警帽。

盛秘书歇斯底里地大叫大嚷:"我抗议!你们诬陷好人,放走了真正的罪犯!你们……"

孙副局长冷冷一笑,说:"再长的戏也总有结尾,你的戏也该收场了,还是留点精神回局里去作交代吧。带走!"

盛秘书说:"慢!你们凭什么抓我?你们究竟有什么根据?

你们这样做是犯法的!"

孙副局长说:"呵!你还不死心呀?那好,我就讲给你听听吧——

"你们是一伙潜伏在大陆,阴谋对年轻的中华人民共和国进行破坏、捣乱的败类。你们选择的第一目标就是上海发电厂,如阴谋得逞,几百万人口的上海城就会顿时陷入黑暗,你们就可趁着混乱,进行更阴险的破坏。

"可是,由于发电厂防卫很严,你们无从下手,于是,你了解到陆总工程师酷爱手表,就密令你们在南洋的同党王素君,偷来了刘叶枫先生的白金手表,装上了定时炸弹,并且密放在我写的中堂里,送给陆总工程师。你满以为陆总工程师会很高兴地戴在手上,到时你们就可引诱他到发电机旁,一旦爆炸,就可达到机毁人亡的双重目的。

"可惜啊,白金手表被关涛同志识破了,你的阴谋没有得逞!当你在思谋下一步的诡计时,你的同党王素君遗失了特务密码名单,打乱了你的部署。眼看着你们的组织岌岌可危的时候,你却来了个丢车保帅,杀了王素君,并嫁祸于邢俊友,企图转移我们的视线。

"当关涛同志怀疑我们内部有人走漏风声时,你慌了手脚,为了保存自己,你便抛出了一个'2号手令',故意让一个特务穿上米黄色西装引诱关涛同志追捕,有意把所谓手令抛出来,嫁祸于人。

"你这个手令倒也确实迷住了一部分人,技术科的同志上了当,连关涛同志也中了你的计。可是,你的这一切都没能瞒过市领导的眼睛。市领导同志洞察风云,决定张开大网,把关涛调走,让你来负责此案的全部工作。

"你自以为得计,密派同伙伺机杀害关涛同志,不想关涛同志并没遇害,反而弄清了刘邺汝的下落。当蔡力、王允侦察教堂时,你又暗中指使同党加害他俩。可是你做梦也没想到,关涛同志已经在教堂了,他救出了自己的同志,救出了刘邺汝。

"你看大势已去,就孤注一掷,铤而走险,亲自出马来到发电厂,妄图炸毁发电机,再逃之夭夭。这就叫'机关算尽太聪明,反误了卿卿性命'。

"今天,我是奉了市领导的命令,特来收网的。2号先生,还有什么话说吗?"

谁知盛秘书听了这番话,不但毫不惊慌,反而"嘿嘿"冷笑了几声,说:"我真佩服你不愧是当过书店老板的,真会编故事。我想你应当清楚,我是什么时候入党的!"他说着,猛地撸起袖子,"解放前夕,为了保护这个发电厂,我是流了血的!伤疤还在呢!"

孙副局长一听这话,气得脸也变色了:"住嘴!你是钻到我们党内来的敌人!你凭着在护厂时流的几滴血的资本,钻到我们的心脏部门,当上了公安局局长办公室的秘书。但是,2号先生,假的就是假的,你以你的行动,剥掉了伪装。我前面说的并不是在编故事,而是铁的事实!你伪造的手令,经过专家的严格鉴定,已证明是你的手迹。还有……"

孙副局长挥了挥手,只见李干事和陆宗祥走了过来,把那块白金手表,还有一张快速拍下的他放手表的照片,举到他的面前:"这是你刚才塞进发电机里的手表,你还想抵赖?"

2号头上终于冒汗了。这时候,钟声已敲过十二响,2号吓得连连后退,胆战心惊地说:"炸……炸弹!"

孙副局长轻蔑地一笑,说:"胆小鬼!定时炸弹早已排除了。"说着,"啪"一声打开了白金手表,取出一朵绿色蔷薇花,说,"这就是你们特务组织的标记,绿色蔷薇花!怎么样?2号!如果我说的还有什么不完善的地方,就'请'你回局里去再作补充吧!"

关涛上前把他一推,喝了声:"走!"

蔡力、王允走上前,"咔嚓"一声给他铐上双手,推上了汽车。

孙副局长叫住关涛,说:"关涛同志,市领导正在办公室等我们的消息,快给他挂电话。"

"是!"

押着特务的汽车开出了电厂,孙副局长和关涛乘坐的吉普车紧跟在后面。两人在车上不约而同地对望了一眼,内心充满了说不出的喜悦。

此时,午夜的钟声刚刚敲响,新的一天又来临了。

（肖士太　黄宣林　欧阳德　搜集整理）

一个人所追求的,是希望看见在烧毁旧事物的火焰顶上出现光辉灿烂的新事物。

# 谁是布谷鸟

## 情报员被杀

1949 年 5 月的一天下午,下着毛毛细雨,上海城四周炮声隆隆,一向热闹的外滩,此刻几乎断了行人。突然传来"呜——"一阵令人恐怖的警报声,只见一辆警车由西向东疾驰而来,"嘎"一声在一幢饭店门前停住。接着从车上"哗啦啦"跳下来几十个武装特务,封住了饭店的几个出口,在一个瘦长老头的率领下,如狼似虎地闯进了饭店,上了五楼,"砰"踢开了 502 房间。房内空无一人,只有袅袅烟雾飘浮在空中。老头大声怒吼道:"溜了!又让他们溜了!"

这个瘦高个老头,可不是等闲之辈,乃国民党军统局负责上海电力系统的情报处长黄云甫。

半小时前,潜伏在饭店账房里的一个情报员向黄云甫密报,说502房间来了不少可疑的人，其中一个正是他们一直秘密监视着的共产党嫌疑分子、杨树浦发电厂护工队队长田耕。谁知黄云甫接报后带人匆匆赶到，却扑了个空，气得他一边嚷着："一定有人抢在我们之前向共党分子报了警！"一边抓起电话，劈头就问那个情报员："半小时内有谁来过这里？"情报员说："没有。不过来过一只电话，什么也没说，只是奇怪地发出一声'布谷——'就把电话挂断了……""混蛋！"黄云甫气得打断了情报员的话头，"你为什么不早说？"

黄云甫此刻已经完全明白，又是那个打进军统内部代号为"布谷鸟"的共产党地下情报人员干的。这些年来，他没少吃这个布谷鸟的亏，过去的富通事件、王孝和事件，今年春节向电力系统各界人士寄发进行共产党宣传的贺信事件，之前他都屡获情报，几乎得手，却都因为这个布谷鸟的报警而遭失败。

黄云甫在发了一通火之后，他那瘦长脸上又露出了一丝阴笑。情报员打来告密电话时，在场的只有三个人，除了他自己，还有一个是他的外甥女兼秘书朱丽，另一个是他的副官张光人。他想，只有他们有可能向共党分子报警，他们是一女一男，只要知道打电话人的性别，就可逮住那个布谷鸟了！想到这里，黄云甫忙又追问："说！那声音是男是女？""是、是……"那情报员话没说完，电话突然中断。

黄云甫"喂、喂"连呼几声，没见反应，他情知不妙，马上"啪"摞下电话，转身就向楼下冲去。

等黄云甫带着特务们冲向账台，不见那个情报员的身影，只见账台旁一间小屋的门半掩着，推开门一看，只见那情报员伏在一张桌子上，背上插着一把匕首，桌上留有一叠美钞。

黄云甫上前一摸，情报员已死了，他见小桌右侧有一扇小窗，推开窗门，窗外是一个狭小的天井，也空无一人。他回到账台，问在账台内的工作人员："你们看见有人进去吗？"账台上的人都摇头说没看见。他不禁懊丧地长叹一声:又吃了布谷鸟的亏了!

这时,从底楼走廊走来一个身着淡色旗袍、年轻貌美的女郎,她就是黄云甫的秘书朱丽。朱丽走到黄云甫跟前,悄声报告:"处座!没有发现可疑的人,只是……"她一眼看见那情报员的尸体,不由惊得将话收住了。

黄云甫冷冷地说:"只是什么?说下去。"

朱丽警惕地朝四周望了一下,便在黄云甫耳边轻声低语起来。

黄云甫板着脸听着,一声不吭地微微点了一下头,随后他那双寒森森的目光又投向一个正从账台对面厕所里走出来的年轻男子身上。

这个年轻男子长相英俊,举止潇洒,他叫张光人,曾在一次枪战中救过黄云甫的命,后被破格提升为黄云甫的贴身副官。

黄云甫见张光人走到跟前,便冷冷地问道:"张副官,你在哪里?""喔,处座!我突然闹肚子,刚才没去搜查,一直待在这厕所里。"

"这么说,刚才这里发生的事情你应该清楚啰?"

张光人不由一愣,又见桌子旁那具尸体,慌忙答道:"处座,你知道我平时就常向他兑换一些美钞,今天他刚将美钞拿出来,我肚子突然憋不住了,这才急忙奔进厕所。不过我在厕所里,倒确实听见……"说到这里,张光人突然将话刹住,两眼望着黄云甫。

黄云甫小眼珠一转,挥了挥手,说:"算了,回去再说吧!"

黄云甫率领特务们往外走,朱丽跟在他身后,将一件风衣递给他,悄声问:"处座,就这么空手回去?"

"不!去逮捕田耕!"说完,他们分别上车,急速朝闸北方向驶去。

## 冷炉里热灰

就在黄云甫搜查饭店的同时,在横浜桥附近一幢花园洋房的一间密室内,中国共产党上海电力系统的地下组织正在召开一个保护电厂、粉碎敌人破坏阴谋的重要会议。

此刻,会议已经临近尾声。年过半百的地下党负责人徐康对一个身材魁梧的年轻男子说:"田耕同志! 布谷鸟的报警信号说明敌人已经注意上我们了,特别是你,早已受到了敌人的监视,一定要加倍小心! 离上海解放没几天了,这些日子你就别回家了,以免出事!"田耕说:"谢谢领导的关怀! 不过,我现在还得回家一次。""为什么?""老徐,为了制订保护发电厂的详细计划,厂技术部的同志从绘图室搞来了发电厂系统图和平面图。这些图纸还在我家里,如果让敌人搜去,会给技术部门的同志带来危险!"

"嗯……"一向稳重的徐康为难了,他沉思片刻,似乎下了决心,"好吧! 坐我的车去,取了东西后赶快离开! 万一遇到危险,绝对不要硬闯。布谷鸟会想法子,我也会立即通知技术部的同志的。"

田耕的家坐落在北火车站附近的一条老式弄堂里,弄堂又长又狭,只能走人,不能行车。在那战火纷飞的时候,此刻已经家家关门闭窗,弄堂里冷冷清清。

这时,一阵警报声响,几辆警车横冲直撞开到弄堂口,"嘎"一声停下,朱丽和几个特务率先跳下车,往弄堂深处冲去。

一个脸上有刀疤的特务小头目邀功心切,急不可耐地问朱丽:"这个共党分子住几号?""嘘!"朱丽示意他别说话,又用手指在空中划了个阿拉伯数字。刀疤脸立即心领神会,忙带着几个特务悄悄潜到一个大户人家门前,"砰"一脚踢开大门,特务们拥进门后，便像扇形一样散开。刀疤脸举着手枪，刚想吆喝，忽然嘴巴大张，眼睛直愣愣地瞪着不动了。就在这时，朱丽赶到，只见她气得满脸通红，一把抓过刀疤脸，"啪啪"左右开弓扇了他两记耳光，骂道："蠢猪，我说的是4号，你怎么跑到7号来了？这是什么地方，是暗娼窝！混蛋！"

刀疤脸吓呆了，等他回过神赶到4号时，见张光人已经立在房间当中，房间里被翻得一塌糊涂。朱丽含怒瞪了刀疤脸一眼，苦笑着对张光人说："张副官，你好快啊！"张光人摇摇头，锐利的目光盯住朱丽："朱小姐太客气了！你先我一步来过这里，是吗？"

"噢，刚才这帮蠢货竟会摸错了门，我只得回去找他们！"朱丽说着，又愤愤地瞪了刀疤脸一眼。

这会儿，黄云甫像幽灵一样进了屋里，扫视了一下被翻得乱七八糟的房间，紧皱眉头，不满地问："这是谁干的？""报告处座！是我搜查了这房间。"张光人诚惶诚恐地答道。"查出什么吗？""没有。"

黄云甫瞪着小眼睛，瞅了张光人一眼，又重新扫视了这间房间。

这房间只有十来个平方，当中放一张方桌，靠墙放一张木床，床边只有床头柜。这些东西现在都被翻了个底朝天，只有放在墙角的一只煤炉还没被掀翻在地。黄云甫的目光突然停在了煤炉上，随后慢慢地走了过去，一伸手从炉洞里抓出一团纸灰。

黄云甫冷冷地一笑："张副官，朱秘书！这炉子并没有生火，为什么炉洞里这团纸灰是热的呢？这应该作何解释？"朱丽脱口而出："是不是田耕刚到过这里？"黄云甫没有表态，只是看了一眼沉默着的张光人，用力甩掉纸灰，大声说道，"对！他还没走远！追！赶快追！"

黄云甫率领特务们刚走出弄堂口，突然看见前方丁字路口开来一辆黑色奥斯汀轿车,那轿车刚一露面又迅速调转车头向来的方向疾驰而去。黄云甫一见,眉峰一扬,大声叫道:"快追!快追上那辆奥斯汀!"说完,一个箭步冲进警车,拉响警笛,风驰电掣般地朝奥斯汀远去的方向追了上去。

警车追到第五条横马路时,眼看就要追上那辆黑色奥斯汀轿车了,黄云甫不由一阵暗喜,心想:这一次看你往哪儿逃!于是,他喝令司机加速,警车顿时像飞了起来,两车的距离越来越近了。谁知就在这时,突然"呜——"一声长鸣,从远处"轰隆轰隆"开来一列火车,道口已经落下了横杆,亮出了红灯。不料,那辆奥斯汀"哐当"一声冲断横杆,跃过铁轨,飞驰过去,紧随其后的警车,稍一迟疑,被飞驰而来的列车挡住了去路。等火车开过后,哪还有奥斯汀的踪影!

眼看到嘴的猎物,被火车一挡,又丢了,黄云甫气得差点晕了过去。他正要大发脾气,忽然他脑子里跳出个念头:坐在奥斯汀内的人肯定是田耕,这说明田耕还没回家,那么那团微热的纸灰是谁替他烧的?

## 办公室亮光

黄云甫一回到局里,就被一个电话叫到沪西一幢灰色的别墅里。他在一间密室里见到总裁专员,专员对他口授了总裁口谕后说:"云甫兄!总裁训示,我们绝不能让大上海完整地交给共产党!你的那份爆炸发电厂的计划,总裁阅后甚表满意,只是……"说到这里,专员故意把话刹住。黄云甫肃立在专员面前,诚惶诚恐地问道:"总裁对我还有什么不放心的地方?"

"不必多心,总裁只是担心你重蹈覆辙,又像过去办大案一样功亏一篑!"停顿片刻,专员加重语气说,"云甫兄,这次可不比往常啊!"黄云甫听了这话,"啪"一声两脚一并,挺着胸脯激动地叫起来:"请专员转告总裁,我黄某此番行动,不成功则成仁!"

"很好,望云甫兄慎之又慎,不要辜负总裁的厚望! 我代表总裁,授予你少将军衔,大功告成后还要加奖,小弟预祝云甫兄功成名就。"

黄云甫接过刻着"中正"二字的短剑,转身离开密室,坐进轿车,倒在那舒适的沙发上,微闭双目,瘦长脸上露出笑颜。他想:自己亲自制订的爆炸发电厂计划,部署得十分周密,除了他自己,对任何人都绝对保密。计划的正本已由上峰转呈总裁,副本还放在自己办公室的保险箱内。这个计划规定的前期工作已经完成,只要不落入布谷鸟之手,这个爆炸计划就可如期实现,到那时……黄云甫越想越得意! 这时轿车已驶进了他那栋灰色的办公楼,整栋楼房除了底层警卫室亮着灯光外,其余房间漆黑一团。黄云甫钻出车,无意间抬头朝三楼望了一眼,这一望顿时大惊失色,他望见三楼自己办公室里,有一束光亮闪了一闪。"啊,有人进了我的办公室!"黄云甫赶忙拔出手枪,冲进楼内,"噔噔噔"一口气奔上三楼,打开自己办公室,揿亮电灯,三脚两步走到保险箱前。一看,警报器已被拆除,再打开保险箱把里面文件搬出来迅速翻查,翻着翻着,他额上的冷汗流下来了。原来,箱内那份爆炸发电厂的绝密计划副本不翼而飞了!

黄云甫气急败坏地掏出警笛,"嘟嘟嘟"拼命地吹起来。

凄厉的警笛声把楼内的特务们从梦中惊醒,他们慌慌张张奔到三楼。张光人也来了,只是少了朱丽一人。

黄云甫像个被围困的野兽,冲着进来的特务破口大骂:"你们全是蠢猪,睡死了?"他见特务们还愣着不挪步,便跺着脚吼道,"还站着干啥? 快给我搜!"特务们吓得纷纷退出办公室,去搜查了。

等特务们一走,黄云甫一下子瘫坐在皮圈椅里,双手按在太阳穴上,苦苦思索着:爆炸发电厂的计划副本丢了,眼下共产党攻占上海迫在眉睫,再调整原来的爆破计划已来不及了,万一爆炸落空,后果不堪设想呀!妈的,这份密件是谁窃去的呢?黄云甫又一次想到了布谷鸟。

这时,张光人轻手轻脚推门进来:"报告处座,楼内没发现可疑人员,只是……""只是什么?"黄云甫抬起头,脸色阴沉地问道。

"只是楼后围墙角门上的铜锁表面积灰有被抹掉的痕迹,角门可能被人打开过……"

"噢!"黄云甫没有表情地哼了一声,然后阴冷地问道,"刚才搜查,朱丽小姐在吗?""不在,她说有事先走了。"

"嗯,张副官,我告诉你,发生了一件大事,有人动了我的保险箱!""啊?"张光人一听,惊得失声叫了起来。

黄云甫冷冷地看了他一眼,不阴不阳地说:"有件事想请你解释一下!保险箱在我的办公室里,而办公室的钥匙只有我、朱丽和你有,如今我、朱丽都不在局里,你说办公室的门又是谁开的?"

张光人更惊了,慌忙解释:"处座,我、我一直在睡觉。""有人证明吗?""没有,你知道我的寝室就我一个人。"

"这么说你有作案可能啰?"黄云甫狞笑起来,笑得张光人连连后退,毛骨悚然。他很快让自己镇定下来,极力辩道:"处座,朱小姐虽说离开了这里,可也不能排除她来而复去的可能呀!"

黄云甫盯着张光人的脸望了一会,突然又阴阳怪气地问了一句:"你凭什么怀疑朱小姐?"

张光人走前一步,轻声地说:"处座,我心里一直憋着心事想告诉你。那天到饭店搜捕,我在厕所里不仅听到那个情报员接电话的声音,而且还听见有人穿了软底鞋走路的'沙沙'声。后来就听到电话的挂断声和那个情报员'啊呀'一声低叫。那时我还不知道发生了什么事,后来听到你们下楼来,当我在洗手的时候,忽然又听见了那熟悉的'沙沙'声打厕所门口经过,我忙从门缝里往外一看,原来那穿软底鞋的人竟是她!"黄云甫冷冷地问:"她? 是朱丽?"

张光人点了点头,又继续说:"还有,那天去逮捕田耕,是她首先进了田家,后来又退了出来,说是去找走错门的弟兄的,她这一举动太反常了! 那些纸灰会不会是她烧的?"

黄云甫一语不发地听张光人说着,突然他抓起电话筒,迅速地给朱丽卧室拨了个号。朱丽卧室的电话铃响着,却没人接。

黄云甫脸上掠过一丝不易被人察觉的冷笑,他放下话筒,命令张光人:"你快带上几个弟兄,去找朱丽!"

## 蛋糕里秘密

黄云甫指挥特务忙了大半夜,也没找到朱丽。天快亮了,他才坐进轿车回家。经过一夜折腾,他被弄得疲惫不堪,竟靠在车座上睡着了。

"舅舅,下车吧!"一声熟悉的声音把黄云甫从梦中惊醒。他睁开眼,不由大吃一惊:"啊? 朱丽? 你、你昨天夜里在什么地方?"

朱丽惊讶地问:"舅舅,你昨天夜里找过我?"黄云甫这才发觉自己失口,只得含糊说道:"没什么,我只是随便问问。"

这时,黄太太走了过来,不满地瞪了丈夫一眼:"你呀! 连我五十大寿生日都忘了! 亏得阿丽昨天晚上来帮我忙乎,直忙到深夜,我见她累得挪不开步了,就叫她宿在我家。怎么? 这种事情你这位处座大人也要管吗?"

"这个……"黄太太一番话说得黄云甫哑口无言。别看黄云甫在外面如狼似虎、吆五喝六,可在家里见到他这位太太,就像耗子见了猫。他再也不敢吱声,忙朝书房走去。

他走进书房，往沙发上一倒，心里又翻腾开来：朱丽昨晚睡在自己家里，张光人岂不是太可疑了吗？当然他还不能完全排除朱丽也可能夜里从他家里出来。他一时断定不下那扇角门是朱丽开的还是张光人故布疑阵。

黄云甫想着想着，竟又把头靠在沙发上睡着了。

等到他被佣人叫醒，已经是中午时分。

黄云甫洗好脸，踱到客厅，见佣人们已摆好了酒席。黄太太正在招呼常给她看病的王大夫入席，王大夫却起身笑着告辞："黄太太，我诊所里还有不少预约的病人。医家以病人为先，还望您多多原谅，我要先走一步了，这点薄礼请笑纳。"

黄太太知道王大夫极讲医德，所以也没强留，只是见他送了礼却连口水也不喝就走，心里有点过意不去。在一旁指挥佣人们干活的朱丽听见他们在谦让，就笑吟吟地走了过来，说："王大夫，我舅妈的寿酒、寿面你不吃，可生日蛋糕你总得吃点啊！"一句话提醒了黄太太，她忙将事先准备好的那盒蛋糕递给王大夫。

王大夫接过蛋糕，连连道谢，随后他微笑着，彬彬有礼地向黄云甫打个招呼，就拎了蛋糕朝停在门外的雪铁龙轿车走去。

王大夫刚跨出大门，就见一辆中吉普在黄家大门前"嘎"地停下。从车上跳下来的是张光人和刀疤脸，他们手中拎了礼品，正好和王大夫擦肩而过。

"咦？你是……"刀疤脸与王大夫打了个照面，不禁愣住了。他直愣愣地看着王大夫的背影，像是要竭力回忆什么。忽然他一转身，冲上去伸手去抓王大夫的手臂，谁知没抓住，却把王大夫手中拎着的蛋糕盒外面的包扎线扯断了，只听"啪啦"一声，蛋糕盒子底朝天翻了个身，蛋糕跌坏了样，盒内有叠纸露出了一角。刀疤脸一看那叠纸，顿时眼睛一亮，急忙弯腰去捡，忽然被人拉了一把，他回头一看，拉他的是张光人。

张光人悄悄对刀疤脸说："别乱来，这是给黄太太看病的王大夫,处座家的座上客,快上去赔礼,不然你吃不了兜着走!"就在刀疤脸一愣神时,王大夫已把蛋糕盒抱在手中。刀疤脸甩开张光人,又要冲上去夺蛋糕盒。突然,一条白影横在他的面前,他抬头一看,是朱丽。只见朱丽横眉竖目,厉声训斥:"放肆!对处座的客人敢耍这种态度?"边骂边朝站在一边的张光人看了一眼。

刀疤脸见被朱丽拦着,急得"哇哇"直叫:"朱小姐,他是共党分子徐康!"朱丽和张光人听了都同声大笑起来:"看你想立功想疯了。谁不认识他是处座家的老朋友王大夫!""别笑了!"刀疤脸眼睁睁见王大夫钻进轿车走了,急得不顾一切地大叫起来:"他真的是徐康呀!"

闻声赶来的黄云甫,冷冷的目光紧紧盯住刀疤脸:"你可认准了?"刀疤脸一口咬定:"他就是烧成灰,我也认得出!"黄云甫脸色一下子变得苍白吓人起来,他简直不敢相信,这位太太的老熟人,他家的座上客,竟会是重要的共党分子!这事若被上峰知道,如何得了?他把刀疤脸叫到自己的书房里。

一进书房,他关上门,铁青着脸问刀疤脸:"你讲王大夫就是徐康,你有什么根据?"刀疤脸见黄云甫盘根究底追问原因,一时脸上露出了尴尬相,过了一会儿,他才讷讷地讲了起来。

原来在日伪时期,刀疤脸是日本特务。在一次逮捕抗日分子的行动中,他遇见徐康,两人交手时,徐康一刀刺中他的脸后逃跑了,从此他脸上留下了刀疤,"刀疤脸"的绰号也由此而来。所以今天他和徐康一照面,便一眼认了出来。说到这里,刀疤脸摇摇头说:"可惜,张副官和朱秘书拦住了我,不然这个共党分子就抓住了!"

黄云甫眉峰一扬,拎起电话直拨行动队,让他们迅速出动,把王大夫连同那盒蛋糕一同"请"回来。

刀疤脸退下后,黄云甫紧皱三角眉,在书房里来回踱步,他有一种直感，那蛋糕里的一叠纸，很有可能就是那份爆炸发电厂计划的副本。现在只有抓到王大夫，才能弄清情况，并顺藤摸瓜查出那个令他头疼的布谷鸟。黄云甫想到这，三角眉舒展开来，兴奋地想：这一次总算可以消除隐患了。

这时，"嘀铃铃"电话铃响了，黄云甫一把抓起话筒，急促地问："抓到啦？"不料电话里传来行动队长懊丧的声音："差一步，让他溜走了，不过家里搜查出来的材料证明，他的真实身份确实是徐康！"黄云甫气得"啪"撂下话筒，懊丧地倒在沙发上想开了：徐康溜了，但留下了两个重大嫌疑犯：张光人和朱丽。到底谁是布谷鸟呢？朱丽始终忙于酒席、礼品一类事，她有条件干这事；张光人呢？也值得怀疑，那蛋糕是他亲自经办，亲自送来的，送给王大夫那只盒子上的名字也是他写的。可是他们两人为什么会同时在大门口阻止刀疤脸抓徐康呢？想着想着，黄云甫脑袋开始发胀了。这种疑难问题如果发生在别人身上，他朱笔一勾，将他们全毙了事。可是眼下这两个人一个是他的外甥女，一个是他的救命恩人，误杀了谁都不妥呀！

思前想后，黄云甫觉得朱丽年纪较轻，又是个姑娘，从她身上查起可能容易些。

于是，朱丽被召到了黄云甫的书房里。黄云甫让朱丽在他对面的小沙发上坐下，十分温和地发问："朱丽，饭店搜捕那会，你和谁在一起行动？""我单独行动。""你为什么要单独行动？"黄云甫的语气严厉起来。

朱丽语气中含着自豪说："我要成为一名真正的特工！你不是说过吗，只有单独行动才能培养自己的才干，建立奇功！"

"这个……"黄云甫一时倒无话可说。沉默了一会，又问："那你在单独行动时，有没有去过底楼账台？""去过，咦？舅舅……""注意！现在是谈公务！"黄云甫板着脸提醒道。

"喔。处座！我在饭店里就与你讲过，我曾看见张副官与那个弟兄说着什么，我也没当回事，就走过去了。"

黄云甫听了未置可否，心里在想：朱丽与张光人谁的话是真的呢？那天张光人的话里暗示朱丽是杀死情报员的人；而朱丽现在的话中也有类似的暗示……

朱丽见黄云甫沉吟不语，不由得微微一笑，说："处座，莫非对我有怀疑？其实有些事十分反常，处座怎么不想一想？"

黄云甫眼睛直勾勾地看着朱丽："你说的是哪些事？"

朱丽不慌不忙地答道："张光人特意去底楼兑换美钞，又突然闹肚子上厕所，也就在这时那个情报员被杀，这一切难道是偶然的巧合吗？还有在田耕家那会，他为什么不等你到来，就迫不及待地把那屋子翻得乱糟糟的？他要找的东西与那团纸灰有什么关系？处座，这些事你想过吗？"

黄云甫听她说得句句在理，他忽然又想起密件失踪那一会，朱丽不在现场，而张光人却在现场。他心里不由一动：这一切会不会是张光人干的？他会不会就是那个布谷鸟？他说那番话，会不会是故布疑阵将我的视线转向朱丽？

他正想得出神，电话铃又骤然响了起来。

黄云甫示意朱丽离开办公室，这才抓起话筒。电话是局长从他的秘密住处打来的。

局长慢吞吞地说："云甫兄，情况不妙啊！""出了什么问题？"黄云甫神情紧张起来。

"据我的情报，发电厂护工队人数激增，厂内增岗加哨，日夜都有人巡逻，我们原定的几个爆炸重点，他们都加强了防范措施。"

黄云甫听了这话，心里明白共产党已经得到了他的爆破计划副本。他额上沁出了冷汗，忙问："局座，依您的意见，我们现在该如何实施爆破呢？"

局长的语气严厉起来："护工队早被共产党控制，保安队也人心浮动，不可依靠！我马上派交警大队的弟兄来，将他们统统撤下来！另外，立即实施爆破计划！总裁口谕，限令二十四小时内完成这一任务。注意，爆破重点是发电厂五号炉子间！那里面有远东最大的高压锅炉。它一爆炸，不仅发电厂，而且发电厂附近的一切都会完蛋！这次事关重大，望千万别误了大事！总裁的脾气你是知道的！"

"是。我保证完成任务。"挂断电话，黄云甫已是汗流浃背，局长的话分明是下了死命令，不完成爆炸任务，他黄云甫将提着脑袋去见总裁。可眼下原来的计划已成一团废纸，只有采取紧急措施了。

黄云甫紧蹙着三角眉，香烟一支接一支地吸着。突然，他猛地把香烟在烟缸里狠狠揿灭，披上风衣，急匆匆地朝门外走去。

## 铁箱计破灭

夜深了，上海四周的炮声越来越近，而且机枪声已清晰可闻。这时，坐落在沪东方向的杨树浦发电厂内虽然外表平静，但是，在各个角落里都闪烁着警惕的目光，一种戒备森严的气氛弥漫在整个厂区。

突然，浓重的夜色中，有几辆军用卡车疾驰而来，进了厂门后，径直开到五号炉子间门前停了下来。朱丽和张光人率领一连交警大队的士兵迅速下了车，刀疤脸和几个特务从车上抬下一只沉重的大铁箱。

这是只特制的保险箱，两侧还装了百叶窗。出发前，黄云甫指示朱丽、张光人，说里面装的是急需运往台湾的军统局绝密文件，命令他们全力保护好它；并说等完成爆炸任务后，他亲自驱车接他们，并把这铁箱从发电厂直接搬到江边上船，从海上撤离上海。

他们刚把铁箱在炉子间的暗角处放定，突然听见张光人咧嘴叫了一声"啊哟"，一下子便蹲下身子，双手抱住脚拐子，疼得额头上直冒冷汗。朱丽见张光人扭伤了脚，便对他说："我先走一步，你慢慢走吧！"说完，便出门而去。

张光人忍着脚痛，站了起来，一瘸一拐地往炉子间门外走去，突然发现有条黑影一闪，窜进了炉子间。

张光人警惕地往黑暗处一躲，随手拔出手枪，向内窥视。透过昏暗的灯光，只见那条黑影凑近铁箱，拔出匕首，撬起箱盖，把手伸进箱内探了一下，又很快缩了回去，然后鬼鬼祟祟地溜了出来。张光人屏住呼吸，待那黑影窜到他面前时，猛地一下扑上去抓了个正着。

那黑影被这突然袭击，吓得一下子瘫坐在地上，张光人一看，竟是刀疤脸。他厉声问道："说！刚才你从铁箱里偷了什么东西？""没、没偷什么"刀疤脸一慌张，手中的东西落到了地上，发出了清脆的"咣咣"声。

张光人看清了那是一根金条，不禁疑惑地问："你没偷什么？这金条是哪里来的？""处、处座赏的。"

"什么？处座赏的？"张光人不由一愣。刀疤脸趁机抓起地上的金条，猛地一推张光人，挣脱了他的手，一溜烟跑了。

张光人被推了个趔趄，摔倒在地上，摔得那只受伤的脚一阵钻心的痛。他想吹响警笛，转而一想，先去看看铁箱内到底藏的是什么东西，随后再向黄云甫汇报也不迟。

于是，他忍住痛，一瘸一拐地来到铁箱边上，拔出随身带的匕首，撬起箱盖。谁知就在他使劲撬的时候，那箱盖突然"吭"地一声自动打开了，从箱内蹿出一个人来。

张光人吓了一跳，他没顾及细看这人是谁，举起匕首就向那人刺去。就在这时，只听"砰砰"两声枪响，张光人身子晃了几晃，便扑倒在铁箱旁边。

朱丽提着枪从门外走了进来,走到铁箱旁轻声细语地叫道:"舅舅!"这时,黄云甫伸出了满是汗水的脑袋。朱丽不解地问道:"舅舅,你何苦这么干呢?"黄云甫听她这一问,不禁得意地哈哈大笑起来:"没有这一招,怎么能逮住这个狡猾的布谷鸟呢!"说着,提着发烫的手枪从铁箱里爬出来,走到张光人尸体前,踢了一脚,恨恨地说,"他就是隐藏在我们内部的共党分子布谷鸟!他多次向共党报警,坏了我的大事。这回他一定又以为这铁箱内装的是炸药,又要来破坏我的爆破行动,所以我就等着他来撬箱盖,果然他自投罗网找死来了!"说罢,他又开心地一阵哈哈大笑。

朱丽听了微微一笑,轻声说:"舅舅,喔,处座!你这铁箱设计好虽好,不过还是有一点疏忽。"

"嗯?哪一点疏忽了?"

"你在箱内是对着百叶窗呼吸的吧?在来的路上由于卡车颠簸,我不小心打了个趔趄倒在铁箱上,正巧听见你的呼吸声,还闻到你身上那股烟味呢!"

黄云甫一听,脸上的笑容顿时不见了,只是尴尬地用舌头舔了舔嘴唇,一时说不出话来。

这时,厂外的枪声越来越近、越来越密集了,黄云甫的神色有点紧张。就在这时,只见一辆吉普车飞速冲进厂内,"嘎"一声在炉子间外面停下,从车上跳下几个特务,慌慌张张奔进炉子间,气喘吁吁地对黄云甫说:"处座,快走!共军马上就攻到电厂了!"

黄云甫脸色大变,忙从铁箱内拉出一根长长的导火线,从衣袋里摸出打火机就要点燃。"处座,你这要干啥?"朱丽上前问道。

黄云甫狡黠地笑了笑:"阿丽,炸掉发电厂!"说罢,他撳着了打火机,又要点燃导火线。

朱丽忙一把拉住黄云甫的手说:"处座,你不能这样!"

黄云甫先是一愣,继而又笑了:"阿丽,放心!这导火线长得很,我们不会有危险的!"说着"啪"揿亮打火机,点燃了导火线。

就在这时,朱丽猛地推开黄云甫,"刷"地一下子冲到箱边,从箱内抱出一包沉甸甸的东西,一把拔去雷管。

黄云甫又哈哈大笑起来:"好了!布谷鸟小姐!这回你也自投罗网啦!"说着,他顿时凶相毕露地下令:"给我抓起来!"特务们立即蜂拥而上。

就在这个时候,从门外拥进来一群护工队员,领头的正是徐康和田耕,随后又冲进一队人民解放军战士,"不许动!""缴枪不杀!"几十支枪对准了惊慌失措的黄云甫和特务们。

徐康走到朱丽面前,对田耕说:"我来介绍一下,她就是我们打入军统内部、代号'布谷鸟'的朱丽同志!"田耕忙上前一步,紧紧握住朱丽的手道:"谢谢,几次都是你及时报警,才使我们免遭毒手!"黄云甫在一旁见了,恨得咬牙切齿地说:"你们别得意得太早了,再过五分钟,你们得与这发电厂一起完蛋!"

朱丽款步走到黄云甫面前,神情还是像以前那样平静:"处座,告诉几个令你不快的消息!你知道吗?交警大队的人害怕发电厂的锅炉爆炸会殃及自己,早已逃走了;就在这期间,我不仅拆除了你交给我的定时炸弹,而且还拆除了你交给张副官的定时炸弹;至于你交给刀疤脸的那颗据说不可拆卸的定时炸弹,早在他抬铁箱时,我就将一只废弹与它调换了;那颗不可拆卸的定时炸弹,已经扔进了黄浦江……"黄云甫被朱丽的一番话说得目瞪口呆。就在他呆如木鸡的时候,从黄浦江上传来了一声巨大的爆炸声。朱丽望着耷拉着脑袋的黄云甫说:"不管怎么说,你还是我的舅舅。常言道:识时务者为俊杰。舅舅,你只要弃暗投明,将功赎罪,人民会宽大你的!"

黄云甫知大势已去,他长叹一声,把手枪扔在地上,举起双手,垂头丧气低下了头……

(肖　白)